さよならも言えないうちに

川口俊和

サンマーク出版

プロローグ

とある街の
とある喫茶店の
とある座席には不思議な都市伝説があった
その席に座るとその席に座っている間だけ
望んだ通りの「時間」に移動ができるという

ただし、そこにはめんどくさい……
非常にめんどくさいルールがあった

一、過去に戻っても、この喫茶店を訪れたことのない者には会うことができない
二、過去に戻ってどんな努力をしても現実は変わらない
三、その席には常に白いワンピースを着た女が座っている
　その席に座れるのはその女が席を立った時だけ
四、過去に戻っても、席を立って移動はできない

五、制限時間はカップにコーヒーを注いでから、
　そのコーヒーが冷めるまでの間だけ

めんどくさいルールはこれだけではない
それにもかかわらず、今日も都市伝説の噂《うわさ》を聞いた客がこの喫茶店を訪れる

喫茶店の名前は、フニクリフニクラ

この物語は、そんな不思議な喫茶店で起こった心温まる四つの奇跡

＊本作は『コーヒーが冷めないうちに』の翌年の話として描かれています。

さよならも言えないうちに　もくじ

ブックデザイン　轡田昭彦＋坪井朋子
カバーイラスト　マツモトヨーコ
校閲　鷗来堂
協力　皆藤孝史
キックオフチーム　黒川精一／新井俊晴／清水未歩
編集　池田るり子

第一話

大事なことを伝えていなかった夫の話

「どんな努力をしても、現実は変わらない？」

門倉紋二《かどくらもんじ》は白髪交じりの頭をひねった。その拍子に、頭に乗っていた桜の花びらがひらひらと床に落ちていく。シェードランプのみで照らされたセピア色に染まる薄暗い店内で、門倉は自分でメモした手帳の文字を、顔を押し付けるようにして見ている。

「具体的にはどういうことですか？」

「えっとですね」

門倉の質問に答えようとしたのは時田流《ときたながれ》。流は糸のように細い目をした、身長二メートルを超える大男で、この喫茶店の店長である。いつも、白いコック服を着ている。

「例えば、このレジスター。日本で使われているレジスターの中ではそこそこ古いもので、かなり貴重なものといわれています。しかも、盗難防止のために、本体だけで四十キロあります。このレジスターが、ある日、盗まれたと仮定します」

流はカウンターの中でレジスターをポンと叩《たた》いてみせた。

「そこで、普通ならこう考えるんです。過去に戻れるなら、レジスターが盗まれないようにどこかに隠し、誰もお店に入れないように見張りをつければいいんじゃないか、と」

「そうですね。間違いない」

門倉は相槌《あいづち》を打った。

「でも、ダメなんです。レジスターを盗まれないためにどんな努力をしても、必ずお店には泥棒が入り、隠したはずのレジスターは必ず盗まれてしまいます」

「なんと、それは興味深い。科学的根拠は？　その因果関係が知りたいですね。バタフライ効果の一種でしょうか？」

門倉は目を輝かせて流の顔を覗《のぞ》き込んだ。

「バタフライ効果？」

今度は流が首をひねった。

「気象学者エドワード・ローレンツ氏が一九七二年にアメリカ科学振興協会で行った講演で発表した理論です。日本のことわざにもあるでしょ？　風が吹けば桶屋《おけや》が儲《もう》かる、それと同じです」

「なるほど」

「でも、現実が変わらないというのは影響ではなく、修正に近いのか。とするとバタフライ効果は的外れということになります。ますます、興味深い」

門倉は嬉《うれ》しそうにブツブツと言いながら手帳に何やら書き込んだ。

「実際、我々もルールだからとしか聞かされてないんです。な?」

流は隣に立つ時田数《かず》に同意を求めた。

「ええ」

数は視線を落としたまま答えた。数はこの喫茶店で働くウエイトレスで、流の従妹《いとこ》である。白シャツに黒いベスト、ソムリエエプロンをつけて無表情でグラスを磨いている。色白で切れ長の目をした綺麗《きれい》な顔立ちであるが、これといった特徴がない。一度見て、目を閉じると、はて、どんな顔だったのかすぐには思い出せなくなる。

門倉も、流の視線を追って、やっと、

(そういえば、もう一人いた)

と、思い出した。影が薄く、存在感がない。

「それで、門倉先生は誰に会うためにこの喫茶店に来たんですか?」

「先生はやめてください、清川《きよかわ》さん。私はもう教鞭《きょうべん》は執《と》ってませんので」

話に割って入ってきた清川二美子《ふみこ》の言葉に、門倉は頭をかいてはにかんだ。二美子はこの喫茶店で別れた恋人に会うために過去に戻った経験がある。今では、仕事終わりにほぼ毎日顔を出す常連客になっていた。レジに近いカウンター席に座っている。

「お知り合いだったんスね？」

「私が通っていた大学で考古学を教えてくれてたんです。先生は考古学の他に、冒険家としても世界中を飛び回っておられるんです。だから、先生の授業は多岐にわたった内容でとても価値のあるものでした」

流の質問に二美子が答えた。

「そんなことを言ってくれるのはあなただけです。あなたは常にトップの成績を収める優秀な生徒でした」

「そんな、そんな……、私は、ただ負けず嫌いなだけなので」

二美子は謙遜して手を振ってみせた。とはいえ、二美子は高校生の時に独学で六か国語をマスターし、大学を首席で卒業している。教職を離れても門倉の記憶に残る才女であって、ただの負けず嫌いではない。

「先生、それで?」

「あ、ああ、私の話ですよね?　実は……」

門倉はカウンター席に隣り合わせた二美子から視線を外すと、組んだ手を見つめながら、

「妻と……、もう一度、妻と話をしたいと思っているんです」

と、小さな声でつぶやいた。

「奥様と?　もしかして……」

二美子が神妙な顔で門倉の顔を覗き込む。亡くなったのかと言葉にしなくとも、門倉には伝わった。

「あ、いえ、生きています」

門倉の返答を聞いて、二美子は表情を緩める。だが、門倉の表情は暗いままである。何か事情があるのだと察した二美子と流は口をつぐみ、門倉の次の言葉を待った。

「生きているんですが、事故で脳に障害を負って植物状態に。もうすぐ二年半になります。通常、植物状態になった患者は長くても三年から五年しか生き延びられないといわれてい

て、妻も、年齢的にもいつ亡くなってもおかしくない状態だと言われました」

「そうでしたか。じゃ、もしかして、奥様の事故を回避させるために過去に戻るおつもりだったのですか？　だとしたら、残念ですが、先ほども説明した通り……」

流の言葉に門倉は小さく首を振って答えた。

「いえ、いいんです。あわよくばと期待はしていましたが。今は、正直、その……」

門倉は、一度、眉上をかき、

「興味のほうが強いです」

そう言って困ったように顔をゆがめて「ははは」と笑った。

「どういうことですか？」

怪訝《けげん》そうに二美子が聞く。

「過去に戻れるのに現実は変わらないなんて、おもしろいじゃないですか？」

門倉は子供のような目で、そう答えたが、すぐに、表情を曇らせた。

「不謹慎ですよね。妻が植物状態だというのに」

「あ、いえ」

二美子は苦々しい表情で笑ってみせた。正直、

（不謹慎だな）

と、思っていた。

「こんな性格ですから、妻には苦労ばかりかけました。若い頃から考古学に魅入られた私は、自分の興味のあることだけをやって生きてきました。挙げ句の果てに、冒険家として世界中を飛び回り、何日も家に帰らないことも。そんな私に、妻は文句も言わず、家を守り、子供たちを育ててくれました。子供たちもそれぞれ巣立ち、気づくと妻と二人きりになっていました。それでも、私は相変わらずで、妻をひとり残して世界中を旅して回っていたんです。そんなある日、帰国した私を待っていたのは植物状態になった妻でした」

ここまで一気に話すと、門倉は手に持っていた手帳に挟んでいた小さな一枚の写真を取り出した。写真に写っているのは若い二人の男女。それが門倉と門倉の妻であることは流にも二美子にもすぐわかった。よく見ると背景にはこの喫茶店のものと思われる大きな柱時計が映り込んでいる。

「二十四、五年ほど前ですかね、この喫茶店で撮ってもらった写真です。インスタントカ

メラって、わかりますか？」

「チェキのことですか？」

聞かれて二美子が答える。

「今の人は、そう言うんですね。撮って、その場ですぐに見れるカメラは、当時、とても流行っていて。女性の店長さんが持っていて、記念だと言って一枚撮ってくれたんです」

「それ、母です。母は流行りもの好きでしたから。記念と言っていますが、きっと、見せびらかしたかっただけですよ」

流は肩をすくめて苦笑いをみせた。

「妻にお守りだと言って、いつも持たされているんです。もちろん、写真がお守りになるなんて科学的根拠はありませんよ」

そう言って、門倉は写真をヒラヒラと振ってみせた。

「では、その写真を撮った日に？」

「いえ。私はそれっきりこの喫茶店を訪れることはありませんでしたが、どうやら妻は、時々、この喫茶店で子供たちと会っていたようです。なので、戻るとなると、妻が植物状態になる二、三年前になるかと」

「わかりました」

そう答えて、流は一瞬、店の一番奥の席に座っている白いワンピースの女を見た。透き通るような白い肌に、長い黒髪。女は静かに本を読んでいる。

「他に聞きたいことはありますか？」

「えっと」

門倉は、写真を手帳に挟むと、さっきルールをメモしていたページを開き、また、顔を押し付けるようにして覗き込んだ。

「これは、先ほど確認させていただいた現実は変わらないというルールに関係していることだと思うのですが……」

「なんでしょう？」

「過去の世界において、未来から来た人間から伝えられた言葉は、当人たちの記憶にどのように残りますか？」

「え？　えーと、それは、その……」

流は、門倉の質問の意味をすぐには理解できず、眉を顰《ひそ》めて首を傾《かし》げた。

「どういう意味ですか？」

「すみません。言葉足らずで」

門倉は額をかいた。

「現実を変えないために、ルールというなんらかの力が働くことは理解できました。でも、私はルールが〝現実〟だけではなく、〝記憶〟にも影響を与えるのかどうかを知っておきたいんです」

まだ流の頭の上にはクエスチョンマークが出ている。

「つまり、レジスターを盗まれることを知らされた者たちの記憶を、ルールが消去、または改竄《かいざん》することがあるかどうかが知りたいのです」

「な、なるほど」

流は、腕組みをして相槌を打った。

「で？　実際、どうなの？」

門倉の代わりに二美子が詰め寄ってきた。

「えっと、それはですね」

流は即答できなかった。流に言わせれば、

（考えたこともなかった）

からだ。しかも、門倉が、

（なぜ、そんなことを気にするのか？）

が、わからない。

流の知るかぎり、これまでそんなことを気にする者はいなかった。今、門倉側に立って流の顔を覗き込んでいる二美子もその一人である。二美子は、この喫茶店で別れた彼に会うために過去に戻ったことがある。だが、この喫茶店のルールでは、一度過去に戻った人間は二度と過去へは戻れない。そうなると、もう、二美子には関係のない話だ。それなのに、あたかも門倉の助手のような顔で詰め寄ってくる。

流は眉間にしわを寄せ、額に汗をにじませながら糸のように細い目をさらに細めて、

「うーん」

と、唸《うな》ることしかできなかった。

「記憶がルールの影響を受けることはありません」

キッパリとそう言い切ったのは流ではなく、流の隣でグラスを拭き終えて、紙ナプキンをたたんでいた数だった。透明感のある、透き通る声。それでいて重要な答えのはずなのに紙ナプキンをたたむ手を止めることはない。

「人は本当のことを知っていても知らないフリをして会話をすることがあります。レジスターが盗まれると知らされた人は、レジスターが盗まれることを知っていても、知らないフリをしてその日を迎えます。ルールが干渉するのは〝フリをする〟の部分です。記憶には干渉しません。聞かなかったことにはならないということです。なのでレジスターが盗まれる当日まで、その人は不安な毎日を送ることになります。盗まれることを知っているからです。でも、そのことをどう捉えて、どう生きていくかはその人の心ひとつです。受け取り方の問題です。記憶、そして、そこから湧《わ》く感情はその人のものです。そこにルールの干渉はありません」

数の説明に聞き入っていた門倉の表情が、ぱっと明るくなった。

「そうですか。よかった。それが聞きたかった。これで迷いもなくなりました。お願いします。私を過去に、妻が植物状態になる前に戻してください」

門倉はカウンター席から立ち上がると、そう言って深々と頭を下げた。

「わかりました」

数は涼しい顔で答えた。そんな数を見て、二美子はパチパチと称賛の拍手をし、流はまるで鳩《はと》が豆鉄砲を食ったような顔をしている。

これは新しいルールではない。二つ目のルールの陰に隠れていた事実である。それが門倉の質問によって明確になった。


過去に戻ってどんな努力をしても現実を変えることはできない。ただし、ルールは現実を変えないためにその事象に関して影響を与えるが、人の記憶に干渉することはない。

門倉が注目したのは、現実は変わらないというルールではなく、記憶への影響だった。

（でも、これは大切なことなのかもしれない）

流はルールの奥深さを知って、糸のように細い目をさらに細めて天井を仰いだ。

「では、他のルールについてですが……」

そう言って、改めてルールの説明をする数であったが、門倉にとってそれ以外のルールはそれほど重要ではなかった。過去に戻っても席を離れることができないことも、制限時間があることも、

「わかりました」

と、簡潔に答えるだけだった。ただし、白いワンピースの女の件になり、彼女が幽霊で、無理矢理どかそうとすると呪《のろ》われるという話になると、子供のように目を輝かせて食いついてきた。

「彼女が幽霊だということは未《いま》だに信じられないのですが、それよりなにより、私は呪いに興味があります。考古学の世界にも、まことしやかに噂《うわさ》される呪術的な話があります。私は超常現象についてもたくさんの文献を読みました。ですが、どれも科学的な根拠に乏しく、実際に呪いにあったという人と私は会ったことがありません。願わくば、私も一度呪われてみたい」

「え？」

二美子が素っ頓狂な声をあげた。

「本気で言ってます？」

「はい。もちろんです。ワクワクします。さっき、清川さんは彼女から呪われたことがあるとおっしゃってましたよね？　それは、どんな感じでしたか？　私も、彼女を無理矢理どかそうとすれば呪いを受けることができるのでしょうか？」

門倉の言動に流と二美子は顔を見合わせて肩をすくめた。

同時に、流は、

（母と似ている）

と、思った。

流の母も自由奔放で放浪癖があり、「冒険家」と自称していた時期がある。自分の興味に対して貪欲ともいえる行動力を発揮し、そのために家族を顧みることはない。完全に開き直っていた。だから、父とは流が生まれる前に離婚。流が生まれると流を妹である数の母に預け、自分はとっとと海外へと移住してしまった。今は北海道にいるという噂を聞いているが、連絡先すら教えずに好き勝手やっているので、本当かどうかは定かではない。

（これでは奥さんも苦労したに違いない）

自分の母親と同じ変わり者の匂いのする門倉を見ていると、流は少なからず門倉の奥さんや、その子供たちにも同情の念を抱かずにはいられなかった。

だから、

「できなくはないですけど、あまり、おすすめはしません」

と、ちょっと冷ややかな返答をした。それでも、

「そこを、なんとか」

門倉はすがるような目で訴えてくる。その目には悪い意味で一点の曇りもない。

（だめだ。こうなったら終わり。きっと、何を言っても諦めることはない）

流は心の中でため息をついた。

「一度だけですよ？」

「ありがとうございます！」

おかしなことになったと思いながら、流は門倉に白いワンピースの女の前に進み出るよ

うに促した。門倉は緊張した面持ちで、ポケットからハンカチを取り出すと、額と手の汗を拭きながら白いワンピースの女の前に立った。

「よろしいですか？」

門倉は白いワンピースの女の顔を覗き込んだ。女はなんの反応も見せず、表情も変えずに本を読みふけっている。今、読んでいるのは『ネコになりたかった犬とイヌになりたかった猫』というタイトルの小説だ。

「あれ？　この人、確か……」

「どうかしましたか？」

女の顔を覗き込んでいた門倉がつぶやいた。

「あ、いえ。なんでもありません。これ、無理矢理でいいんですよね？」

「そうです」

「わかりました。では、いかせていただきます」

門倉は深呼吸をして、白いワンピースの女に詰め寄った。

「あの、申し訳ありません。ここ、どいていただけますか？」

そう言って女の肩を揺らす門倉だったが、女はなんの反応も見せなかった。門倉は、助けを求めるように流を見た。

「もう少し、強引に」

「わ、わかりました」

門倉は意を決したように、女の肩を摑《つか》み、

「すみません！　ここ、どいてください！」

と、大きな声で強く引っ張った。

その時、

「！」

突然、白いワンピースの女は、カッと目を見開き門倉を睨《にら》みつけた。

「うッ」

その瞬間、門倉は膝から崩れ落ちた。店内の照明は蠟燭《ろうそく》の炎のように揺らめき、どこからともなく亡霊の唸るような不気味な声が店内に響きわたる。さっきまで色白で大人しそうに本を読んでいた女の顔は一変し、体をテーブルから乗り出し、おぞましく見開いた大きな目で不気味に門倉を睨みつけている。

「こ、これが呪いですね！　なんと、体が重い、それに、イタタッ、骨がねじられるような痛みが、あります！　ああ、これが、呪いなんですね！　初めて体験しました！　重いッ、体が思うように動かない。まるで、鉛の布団を上からかけられたような、重さです！」

門倉は悦に入《い》ったような表情で床に這《は》いつくばっている。

「もういいですか？」

流が声をかける。流の隣には、いつの間にか銀のケトルを持った数が控えている。

「はぁ、はぁ、いや、もう少し、私は今、呪われているんです。こんな貴重な体験、滅多にできませんから……」

「そうですか」

流は大きなため息をついた。それを見ている二美子はカウンター席から床に這いつくばる門倉を見下ろし、クスクスと笑っている。

「あ！」

しばらくすると、門倉の体は床面に大の字に広がった。さすがの門倉も息苦しいのか、ヒューヒューと喉からよくわからない音を出している。もしかしたら、しゃべれなくなっているのかもしれない。

「数」

さすがにこれ以上は危険だと判断したのか、流が数に合図を出した。数は、髪を振り乱して門倉を睨みつける白いワンピースの女に歩みよると、

「コーヒーのおかわりいかがですか？」

と、静かに声をかけた。すると、今にもテーブルを乗り越えて、門倉に襲いかかるんじゃないかと思われていた白いワンピースの女が、

「お願いします」

と、つぶやいて、急に大人しくなり、ストンと自分の席に腰を下ろした。同時に、店内の照明はもとに戻り、亡霊のような唸る声も消えた。

「ぷはッ」

呪いは解けた。門倉の呼吸ももとに戻った。ゼェゼェと息を切らしているが、顔をあげた門倉の表情は子供のように無邪気に輝いている。白いワンピースの女は淹《い》れられたコー

ヒーを一口飲んで、再び、静かに本を読みはじめた。

「なるほど、なるほど。これが呪いですね。うむ、うむ」

門倉はそそくさと立ち上がるとカウンター席に戻って手帳を広げ、ものすごいスピードで何やら書き込みはじめた。流は完全に呆《あき》れ、二美子はやはりクスクスと他人事《ひとごと》のように笑っている。だが、数だけは何事もなかったかのように涼しい顔をしていた。

門倉が黙々とメモを取っていると、不意に、二美子が、

「そういえば、ミキちゃんは？　私、ミキちゃんの顔見に来たんだった」

と、流に訪ねた。ミキは流と流の妻である時田計《けい》との間に生まれた女の子である。

「昨日も見たじゃないスか」

「見たけど」

「さすがに見すぎでしょ？」

「いいの！　だってかわいいんだもん、毎日見ても見飽きることないでしょ？」

「なんスか、それ」

言葉は素っ気ないが流の糸のように細い目は、グニャグニャに湾曲している。嬉しいの

だ。

「寝てるの？」

「奥で」

「見てきていい？」

「どうぞ」

「やった」

二美子はカウンター席からぴょんと飛び降りると、ショルダーバッグからスマートフォンを取り出した。

「写真、撮りすぎでしょ？」

「今日は動画」

二美子はニッと不敵な笑顔を残して奥の部屋に消えた。

「そんなにかわいいものなんですかね？　子供ってのは……」

手帳へのメモ書きを終えた門倉が、二美子の消えた奥の部屋を見つめながらつぶやいた。

「あ、すいません。あなたのお子さんがかわいくないとか、そういう意味ではないんです。

私にもね、娘が二人と息子が一人いるんです。今はもう三人とも成人していて、孫もできました」

「かわいくなかったんですか？」

流が不審そうに尋ねる。

「わかりません。子供たちが生まれる時は大抵、私、海外にいましたから。時々、戻ってくると、もう大きくなっていて、次女には『また、遊びに来てね』と言われたこともあります」

門倉は、カカカと苦々しく笑ってみせた。

「今考えると、私は家庭なんか持つべきじゃなかったのかもしれません。いつの間にか大きくなって、子供たちが中学、高校になると、もう、どう接していいかもわからない。それでも妻は私に何も言いません。いつでも、笑って私を送り出してくれました」

「後悔してるんですか？」

流の質問に、門倉は長い沈黙の後、

「後悔していないことを、悔やんでいるのかもしれません。後悔できる人間でありたかったです」

と、返した。

「これから私はどうすればよいですか?」

「え?」

流の細い目が一瞬見開かれた。

「いや、それは、俺にはなんとも……」

「あ、いや、過去に戻るために、です」

「あ、そっちですか」

「すみません。変な話をしたから」

「いえ」

流は額ににじんだ汗を拭いながら答えた。

「ひとまず、過去に戻るためには、彼女のいる、あの席が空くのを待たなければなりません。彼女は一日に一回、必ずトイレに行きますので、そのすきに座る」

「幽霊なのにトイレに行くんですね? これまた、興味深い」

「ただし、いつトイレに行くかはわかりません」

「ということは？」

「待つしかありません。無理矢理どかそうとするとさっきのように」

「呪われる」

「はい」

「わかりました。ここは食事はできますか？」

「もちろんです。言っていただければ、材料次第ではありますがメニューにないものでもお出しできると思います」

「わかりました。では、親子丼を作っていただけますか？」

「親子丼ですか？」

「はい。昔、妻がよく作ってくれたんです。それを、お願いします」

「そうですか。わかりました」

流は答えるとキッチンへと消えた。門倉はまた手帳を広げて、何やらメモをしはじめた。

店内に残るのは数と白いワンピースの女、そして、門倉だけになった。

（静かだ）

通常、喫茶店で流れている音楽といえばクラシックかジャズが主流である。ゆったりとした音楽の中に身を置いて、一杯のコーヒーを楽しむ。それは、喫茶店の楽しみ方の一つである。

しかし、この喫茶店には音楽が流れていなかった。聞こえてくるのは店内に三つもある床から天井まで伸びる大きな柱時計のカチコチ、コチカチと時を刻む音のみ。しかも、この三つの柱時計は三つとも別々の時間を指し示している。門倉が自分の時計で確認すると、正しい時間を刻んでいるのは真ん中の柱時計だけだとわかった。あとの二つは遅れているのか、進んでいるのかわからない。初めて来た客の中には、窓もなく、陽《ひ》の光の入らない店内で時間の感覚がおかしくなる者もいる。

門倉も、この空間に身を置いていると、初めてこの喫茶店を訪れた日のことが、まるで昨日のことのように思い出された。

「実は、彼女を見たことがあります」

門倉はなんの前触れもなく数に話しかけた。

「さっきの写真を撮ってもらった時です。見間違いかとも思ったんですが、なにせ、二十四、五年前のことですから」

門倉は顔をあげて、白いワンピースの女を見た。数はグラスを磨く手を止めずに静かに門倉の話を聞いている。

「でも、間違いありません。彼女です。あの時、この喫茶店で私と妻にコーヒーを出してくれたのは彼女です。違うところといえば、髪の長さぐらいで、あの物憂げな眼差《まなざ》しは当時のままです。なぜ、彼女はあの席に座っているのですか？　彼女は一体……」

パタン

門倉の話の途中で、突然、本を閉じる音がした。白いワンピースの女である。女は本を閉じた後、ゆるゆると立ち上がった。そして、そのままカウンター席に座る門倉の背後を音もなく通り過ぎ、トイレへと消えた。門倉は女がトイレに消えると、ぐるりと身を翻して誰もいなくなった席を見た。

「席が、空きましたね?」

「はい」

「あの席に座ると過去に戻れるのですね?」

「その通りです。お座りになりますか?」

「もちろん」

門倉は答えるとカウンター席を離れ、白いワンピースの女が座っていた過去に戻れる席の前に立った。だが、門倉は席の前に立ってもすぐには座らず、空席になった椅子を舐《な》めるように眺めている。美しい曲線の猫足に座面は薄いモスグリーンの布が張られたバルーンバックチェア。レプリカではあるが、かなり高価なものであることはわかる。門倉は椅子には詳しくないが、この店の椅子が一脚数十万円はする高級なものだということは理解できた。だが、気になるのはそこではない。

「他の椅子と、特に変わった感じはしませんね」

門倉はしゃがみこみ、座面を手で撫《な》でた。この過去に戻れるという椅子が、他の椅子とは違う特別な椅子であるかどうかが気になる。

「冷たい。いや、この椅子を取り囲む空間がひんやりしている気がします。これは、一体、どういうことでしょう？　空間が特別なのであって、椅子は他のものと同じ？　他の椅子と入れ替えても戻れるのでしょうか？」

振り向くと、そこには数の姿はなかった。門倉はひとりでしゃべっていた。だが、門倉はそのことについて特に気にする様子も見せずに、ゆっくりとテーブルと椅子の間に体を滑り込ませた。

「うん。間違いありません。座ってみるとわかる。これは椅子が冷たいのではない。この空間がひんやりしているんです」

門倉は、ゆっくりと手のひらを体の外へ、外へと動かしていく。手のひらでわずかな温度の境目を探している。

「ここから、ここ、ここと、ここでは温度が明らかに違う。このテーブルの真ん中から椅子を含む、この、八十センチ四方の空間だけがどうやら特別なのですね？」

門倉の知らぬ間に、キッチンから数が戻ってきていた。数は手に、銀のケトルと純白のコーヒーカップを載せたトレイを持っている。門倉は構わず語りかける。数がいても、いなくても、その口調は変わらない。

「おそらく私の考えだと、過去に戻るのは、この八十センチ四方の、この空間ではないかと思うのですが、違いますか?」

「その通りです」

「なるほど、なるほど。うむ、うむ」

門倉はまたまた手帳に何かを書き込みはじめた。数が白いワンピースの女の使っていたカップを片付けていると、キッチンから流が戻ってきた。手には木製のおたまを握っている。

「あの」

「はい?」

「どうします? 親子丼」

「あ、そうでした」

門倉はメモを中断して顔をあげた。こんなに早く白いワンピースの女が席を立つとは思っていなかったのだ。

「どうしましょうか？　戻ってきてからでも大丈夫ですか？」

「それは、もちろん」

「じゃ、戻ってきてからで」

「わかりました」

門倉はクンクンと鼻を鳴らし、

「いい匂いがしますね。戻ってくるのが楽しみになりました」

と、流に笑ってみせた。

「待ってます」

流は糸のように細い目を湾曲させて再びキッチンへと消えた。

「さて、では……」

門倉は姿勢を正すと、数にちょんと頷《うなず》いてみせた。お願いします、という合図である。

数は黙って門倉の座る椅子の脇に立った。その数の顔を覗き込んだ時、門倉の背中に冷たいものが走った。

（似ている。さっきまで、ここに座っていた幽霊《ひと》に……）

透き通るような白い肌。切れ長の目。陰のある物憂げな表情。なにより、骨格が似ている。シルエットといってもいい。これは門倉のような、物を見定める者にしかわからないことかもしれないが、門倉には確信めいたものがあった。

（親子に違いない）

もちろん、白いワンピースの女が母親で、目の前のウエイトレスが娘であることは間違いない。

（知りたい。その理由を）

だが、門倉はその言葉をぐっと呑《の》み込んだ。自分の母親が幽霊になって、年も取らずに座っている状況がただ事ではないことぐらい、容易に想像できる。興味本位で立ち入ってよい話ではない。

（それでも、知りたい）

「あの……」

（いや、ダメだ）

門倉は、心の中で大きく首を横に振って、頭によぎった質問をかき消した。

（今は、過去に戻ることだけ考えよう）

「続けてください」

門倉が顔をあげると、それを待っていたかのように数は、門倉の前に何も入っていないコーヒーカップを置いた。

「これから私があなたにコーヒーを淹れます。過去に戻れるのはこのカップにコーヒーが満たされてから、そのコーヒーが冷めきってしまうまでの間だけ」

「はい。存じております」

「過去に戻ったら、コーヒーは冷めきる前に飲みほしてください」

「冷めきる前に、ですか？」

「そうです」

「それは、なぜ？」

「もし、冷めきる前に飲みほせなかった時は……」

「飲みほせなかった時は？」

「今度はあなたが幽霊となって、この席に座りつづけることになるからです」

「え！」

今日、一番大きな声が出た。呪いの時でもここまで大きな声は出なかった。それは、単にコーヒーを飲みほせなかった場合、幽霊になるという話に驚いたのではない。それが事実なら、門倉が昔この喫茶店で見たウエイトレスが、当時の姿のままこの席に座っている謎が解ける。その上で、門倉の考えだと白いワンピースの女と目の前のウエイトレスは親子である。

（なんという状況……）

呆然《ぼうぜん》と数の顔を見つめながら、門倉は、

「彼女は、なぜ？」

と、思わず口にしていた。

「あ、すいません。いや、いいんです。気にしないでください。続けましょう」

門倉は自分の発言を取り消すために必死になった。だが、何を言っても後の祭りで、空回り感は否めない。だが、数は顔色ひとつ変えずに、

「彼女は亡くなったご主人に会いに行きました」

と、門倉の質問に答えた。

「そ、そうでしたか」

母親のことを彼女と呼ぶ姿が門倉の胸を締めつける。

「彼女はこの喫茶店のルールもよく知っていました。ですが、ついつい時が経《た》つのを忘れてしまったのでしょう。気がついた時にはすでにコーヒーは冷めきってしまい……」

「幽霊に？」

「はい」

「なるほど」

この話を聞いて、門倉は眉を寄せて唸った。

（これは大変なことだ）

過去に戻るためのルールといっても、これまで聞いたルールは、めんどくさくはあっても危険はなかった。この店を訪れたことのない者に会えなくても、席から立てなくても、現実を変えられなくても、それらはリスクではない。実際に呪いにかかってみてわかったことだが、痛みといっても耐えられないような痛みではなかった。人間には、押すと痛みの走るツボがある。そのツボを刺激された時のような感覚だった。しかも、今になると清々《すがすが》しいスッキリ感すらある。実際に、呪いの後、長年苦しんできた肩こりが改善していた。もしかしたら、呪いという名の健康マッサージだったのかもしれないとさえ思えてくる。だが、今回のルールはそれとはまったく異なる。

（もし、幽霊と彼女のことを親子だと勘ぐっていなかったら、それほど高いリスクだとは思わなかったかもしれない）

門倉が過去に戻って妻に伝えるべき言葉は決まっている。さほど時間もかからないだろう。だから、過去に戻れるのはコーヒーが冷めきるまでの間だけだと聞いても、驚かなかったし、十分すぎるとさえ思う。だが、二人の関係を勘ぐってしまった。親子だと確信している。

（なんと残酷なルールなのだ。いや、この親子だからこそ残酷なのかもしれない）

門倉は気持ちを落ち着けるために大きな深呼吸を一つした。

（今は私が過去に戻ることに集中しよう）

そう、自分に言い聞かせた。

「とにかく、コーヒーは冷めきる前に飲みほせばいいということですね?」

「その通りです」

「わかりました。コーヒー、お願いします」

数は門倉の言葉を聞くと、銀のケトルを右手でゆっくりと持ち上げた。門倉はその動きに魅入られた。数は持ち上げたケトルを胸の前で止めた。静かな瞬《まばた》き。すべての所作が優雅で無駄がない。

(美しい)

思わずため息が出る。数は伏し目がちに空のカップを見つめている。

店内の空気がピンと張り詰めたのが門倉にもわかった。聞こえるのは三つの柱時計が刻むカチコチ、コチカチという音だけ。

ボーン、ボーン、ボーン

突然、一番左端の柱時計が鳴った。それを待っていたかのように、数が、

「では」

と、一言仕切り直して、

「コーヒーが冷めないうちに」

と、ささやいた。

その言葉が店内に響くと、張り詰めていた空気がもう一段階、ビリリと震えるのがわかった。

（私を包むこの空間も、さらにひんやりと温度が下がったような気がする）

儀式は続く。数は、スローモーションのような動作で、カップにコーヒーを注ぎはじめた。

（あ……）

カップに満たされたコーヒーから一筋の湯気が立ち昇ると、その湯気の揺れと一緒に、門倉の座っている八十センチ四方がゆらゆらとゆがみはじめた。揺らめきはめまいのような感覚となって門倉を包み込む。

（なんと！　体が湯気に？）

門倉は湯気になった自分の手を見た。その体がゆっくりと上昇する。周りの景色が上から下へと流れはじめる。

（こんな不思議な感覚を体験できるなんて！）

門倉は嬉々《きき》として流れる景色に目を凝らした。もし、湯気になった手が使えるのなら、手帳を取り出してメモしていたかもしれない。

門倉は、流れる景色を必死に目で追いながら、

（こんなことならビデオカメラを持ってくるべきだった！）

と、薄れていく意識の中で後悔していた。

妻の三重子《みえこ》は物静かな女だった。

口数少なく、自分の意見というものを持っていない。なんでも受け入れて、否定ということをまるでしない女だった。

三重子には離婚歴があった。前の夫とはお見合い結婚だったと聞く。離婚の理由を聞いた時「つまらない女と言われました」とだけ答えたのを覚えている。そんな三重子と自分の出会いもお見合いだった。当時、私は三十一歳、三重子は二十八歳だった。この時、すでに私は考古学にのめり込んでいて、借りていたアパートにはほとんど居つかない生活をしていた。

「僕に結婚は無理ですよ。お金もないし、ほとんど家にも帰らないのに。そんな僕と誰が結婚したがるんですか？」

そう言う私に、世話好きの叔母が無理矢理すすめたお見合いの相手が三重子だった。

「問題ありません」

これが三重子の返事だった。そうはいっても、そのうち嫌になって離婚を切り出すに違いない。そう思っていた。私は生涯の伴侶など持てる人間ではないのだ。考古学に限らず、自分の興味にしか関心がない。私のような人間は人を幸せになどできない、自分のことで精一杯、そう思っていた。いや、今でも思っている。だが、三重子は離婚の「り」の字も言い出さなかった。

「どうぞ、気をつけて」

口数は少ないが、私が出かける時は必ず笑顔で送り出してくれた。数か月、家を空けて帰ってきても、

「お帰りなさい。お食事にしますか?」

と、朝出かけて帰ってきたかのように迎えてくれる。

私は自分が思っていた以上に話し好きだった。旅先から戻ると、私は発掘での出来事や、手帳にメモしてある、見たり聞いたりしたことを三重子に話すようになった。だが、話の終わりに三重子が必ず言う言葉がある。

「さぁ、私にはさっぱりわかりません」

それでも、三重子は私の話を途中で遮ることなく最後まで聞いてくれた。私は理解が欲しかったわけではない。きっと、話し相手が欲しかったのだ。私は世間で変わり者と評されているのも知っている。孤独だったのかもしれない。孤独でもいいとさえ思っていた。そんな私に居場所を与えてくれたのは、他ならない三重子だった。

だが、子供たちが生まれると、

「もう少し、親らしくしたらどうだ？」

と、周りの同僚から言われるようになった。これは、私にとって想像以上のストレスであった。なぜなら、私は最初から親らしく生きることなんてできないとわかっていたからだ。結婚だって同じだった。三重子とうまくいっていたのは三重子が特別だっただけで、子供たちは人並みの父親を欲し、人並みの家族という型を求めてくる。それでも私は変われなかった。

「また、遊びに来てね」

次女に言われた時も別にショックではなかった。

（うまいことを言う）

私は心の中でそう思っていた。この子にはユーモアのセンスがあると。

幸いにも、私の研究は認められるようになり、金銭面で不自由はしなかった。子供たちが成人した時も、私にできることといえば、家を買い与えることぐらいしかなかった。

「やっと父親らしいことしてもらった」

長女はそう言ったが、私にはそれが父親らしいことなのかどうかわからなかった。私はお金にも興味はなかったからだ。持っていても仕方がない。三重子の助言で、自分にとって価値のないものを使って家を買い与えただけだった。

「私はこのアパートで十分です」

三重子にも家を買ってやろうと思ったが、そう言って断られた。だから、私と三重子はずっと同じアパートに住んでいる。私にとっては時々帰ってくるだけの場所。それだけなのに、三重子はここがいいと言う。

私は、おそらく、三重子以外の女と結婚してもうまくいかなかった。三重子はどう思っていたのだろうか。今となっては確認する術《すべ》はない。

「お母さんがかわいそう」

「もっと、大事にしてあげて」

「今は、お母さん、一人ぼっちなんだから」

子供たちは子供たちなりに三重子のことを心配している。

「もっと、普通のお父さんがよかった」

息子が小学校の時に言った言葉だ。普通のお父さんとは、一体、どういうお父さんなのか？　その時の私にはさっぱりわからなかった。

だから、私の求める幸せも、きっと子供たちにはさっぱりわからないのだろう。それでも三重子とは、こうして一緒に生きてきた。


そんな三重子が事故で植物状態になった。目も見えない、耳も聞こえないという。娘たちは悲しんだが、私はどう悲しめばいいのかわからなかった。まだ、生きている。私は旅が終わると三重子の眠る病室に帰るようになった。私にとって、三重子のいる所が、唯一帰る場所だからだ。

「聞いてくれ、今回はなかなかおもしろい発見があったよ」

いつものように小難しい話をしても、三重子は理解するどころか、その耳には私の声すら届かなくなっていた。

三重子が植物状態になって約二年半。担当医師が言った。

「回復する可能性がないわけではないのですが、年齢のことを考えると、体力的にもよくてあと一年。半年持つかどうかわかりません」

「なるほど。そうですか。わかりました」

私はこの時、初めて「後悔」という感情を知った。なぜなら、私は自分の興味に正直に生きてきたからだ。やり残したことなど何もないと思っていた。

だが、一つだけ、できてしまった。

私は過去に戻って、植物状態になる前の三重子に、

（伝え忘れたことを、伝えておく）

必要があった。


「お父さん？　なんで、ここにいるの？」

長女の素っ頓狂な声で目が覚めた。長女は孫娘を抱いてレジ前で私を見つめている。周りを見まわしても、店内の様子は過去に戻ってくる前と何も変わらない。シェードランプで照らされたセピア色に染まる店内。天井で回る木製のシーリングファン。そして、三つ

とも異なった時間を刻む大きな柱時計。

長女が孫娘を抱いていなければ、三重子が植物状態になる前だとは気づかなかったに違いない。なぜなら、過去に戻る前の孫娘は六歳。来年は小学生だ。今、長女の腕に抱かれているのは、どう見ても二歳か、三歳。つまり、三年から四年前に戻ってきたことになる。

（いや、でも、三重子がいない）

狭い店内である。一番奥の席からでも死角はない。カウンターの中にはコーヒーを淹れてくれたウエイトレスがいるだけ。

「え？　お父さん？　なんで？」

長女の後ろから、今度は次女が顔を出した。

「え？」

一瞬、顔の見えた息子はすぐさま引っ込んで、

「母さん、なんか、親父がいるんだけど？」

と、声を張った。

娘たちは三重子と一緒に、今、来たところのようだった。

「あら」

三重子は私の姿を見ると、するすると近寄ってきて、ちょこんと私の向かいの席に腰を下ろした。

「いらっしゃいませ」

ウエイトレスがお冷やを出すと、三重子はコーヒーを、次女と息子は真ん中のテーブルに腰を下ろして、二人ともアイスコーヒーを注文した。長女だけは席にはつかずに、孫娘を抱えたまま私たちのテーブルの横に立って、

「私はレモンスカッシュで、この子にはミルクを、少し温めてもらえますか？　カウンターで大丈夫なので」

と、ウエイトレスに声をかけた。

「かしこまりました」

ウエイトレスは、そう言って、小さく頭を下げてキッチンへと消える。

「来るなら来るって言ってくれてもいいじゃない？」

「でも、発掘でフランスって言ってなかった？」

「お母さん、知ってた？　お父さん、来ること」

長女と次女のやりとりの合間に、三重子が首を横にふる。

（フランス？　なるほど。ということは、三年前の六月頃か……）

私は記憶を整理して、この日がいつ頃なのかを割り出した。三重子が事故にあって植物状態になるのはこの半年後の十二月末である。クリスマス間近だった。娘たちの話によると歩道を歩いていた三重子に、スマートフォンを見ながら走っていた自転車がぶつかったらしい。その際、転倒して頭部を強く打ったのにもかかわらず、三重子は立ち上がり、何事もなかったかのように帰路についた。だが、アパートの手前で突然意識を失い再び転倒。近所の方の通報により救急車で運ばれたが、そのまま意識が戻ることはなかった。

（本当に突然のことだった）

植物状態とは遷延性意識障害《せんえんせいいしきしょうがい》と呼ばれ、考えたり、見たり、聞いたり、指示を出す部分である大脳に障害が起きて正常に動かなくなるが、呼吸などの生命機能を制御する視床《ししょう》下部《かぶ》と脳幹《のうかん》は働きつづけている状態のことを指す。脳死は脳が完全に機能を失っているので、人工呼吸器を外すと自分で呼吸をすることもできない。たとえ人工呼吸器を付けていても、延命は二週間が限度となる。ただし、患者の状態によって二年から五年、昏睡《こんすい》が続く場合がある。過去にアラブ首長国連邦の女性が二十七年の昏睡状態から目覚めたという記録もある。

（三重子は年齢的にも、もう長くはないと言われたが……）

目の前に座っている三重子は、自分がそんな状態になることなんて想像もしていないだろう。ここで、事故には気をつけろと言っても、現実を変えることはできない。わかっている。

だが、

（もしかして）

と、思っている自分がいる。

（この世の中に、絶対はない。もしかしたら、ルールに手違いが生じて、三重子が事故にあうタイミングがズレるという可能性はある。絶対ない、とは言い切れない。事故の時期がズレる可能性だ。一年とか、二年。もしくは五年、十年。植物状態になるという現実は変えられないかもしれない。でも、時間がズレる可能性はあるのではないか？）

私の中で二つの選択肢が生まれた。

（ルールを信じて、三重子に伝えるべきことを伝える。この際、三重子や娘たちに不要な心配はかけたくないので、事故のことは伝えない）

これは、当初考えていたものだ。

（ルールの抜け道の可能性にかけて、三重子に伝えるべきことは伝えるが、保険として事故のことも伝えておく）

可能性があるのなら、私は時間のズレにかけてみたい。だが、ウエイトレスが言った、

『聞かなかったことにはならないということです』

という言葉が重くのしかかる。事故で植物状態になることを知らされて、三重子と娘たちはその事実を抱えながら生きていかなければならない。私の頭はぐるぐると出口のない迷路の中にいるような状態になっていた。

「もしかして、お父さん、うちの娘見るの初めてとかじゃないよね？」

「それ、ヤバいでしょ？」

「いや、お父さんならあり得るでしょ？」

「そもそも、会わせたかどうか覚えてないお姉ちゃんも相当ヤバいけど」

「確かに！　いや、だって、お父さん、日本にいることのほうが珍しいでしょ？」

「そうだけど」

「あんた、子供の頃にお父さんに向かって『また、遊びに来てね』って言ったの覚えてる？」

「それ、タケオでしょ？」

「タケオだっけ？」

「俺じゃない。俺が言ったのは『おじちゃん、誰？』だよ」

息子が割って入ってくる。

「じゃ、『また、遊びに来てね』は、私か……。覚えてないんだよね」

「そういえば、タケオんとこも二人目生まれたんじゃなかったっけ？」

「先月ね」

「連れてくればよかったのに。滅多にないよ、お父さんに見てもらえるなんて」

「確かに。来ると知ってたら連れてきたのに」

「なんで連絡くれなかったの？」

突然、長女の目が私に向けられた。私は、まだ、事故のことを伝えるべきかどうか迷っていた。私の予想では、私の知る三重子は、きっと、その事実を冷静に受け止めることができる。そういう女だ。でなければ、今日《こんにち》まで私の妻でいられるわけがない。問題は娘たちだ。大いに混乱するだろうし、取り乱すに違いない。

だから、私は、

「大切な資料を忘れてしまってね。その資料を受け取るために熊田《くまだ》君とここで待ち合わせをしているんだ」

と、適当に嘘《うそ》をついた。

（今は、まだ、結論を出すべきではない。もう少し、様子を見るべきだ）

私の中の慎重派がそう言っている。私も同意見だ。もう少し様子を見ることにする。

だが、そう結論付けた私の嘘に対して長女が、

「いや、そこは嘘でも結婚記念日だからって答えようよ」

と、予想外の言葉を口にした。話になんの脈絡もない。突然すぎる。

「結婚記念日？　誰の？」

私は首を傾げた。

「嘘でしょ？　なに？　知らずに来たの？」

「本気で言ってる？」

長女と次女は、信じられないという顔で私を睨んだ。

「じゃ、もしかして、毎年、お母さんが結婚記念日にこの喫茶店に来てることも知らないってこと？」

「なぜ、母さんが毎年、誰かの結婚記念日にこの喫茶店に来る必要があるんだ？」

「呆れた」

長女が大きなため息をついて、カウンター席に腰を下ろした。三重子はフフフと小さな声で笑っている。

「お母さん、怒っていいんだよ？」

「いや、でも、俺は親父らしいと思うけどね」

「どこが？　さすがに殺意が湧いたんだけど」

「同感」

長女はレモンスカッシュを、次女はアイスコーヒーを勢いよく一気に飲みほすと、グラスをテーブルに置く際に、ゴンと大きな音を立てて怒りを露《あら》わにした。

「だから、誰の結婚記念日なんだ？」

「はい、終了。お母さん、帰ろ」

「私の旦那だったら即離婚だよ？　信じられない」

長女と次女は顔を真っ赤にして、そっぽを向いてしまった。

「説明してくれ」

私は息子に助けを求めた。私の頭は、まだ、事故のことを伝えるか伝えないかで迷っていて、身に覚えのないことにまで気が回らない。息子は席から立ち上がって、姉たちをなだめながら、間に入ってきた。

「親父は忘れちゃったのかもしれないけど、二十数年前に、ここに来たことあるでしょ？母さん連れて」

「ある。一度だけ」

「その日って、二人の結婚記念日だったんじゃないの？」

「その日が？」

「そう」

「結婚記念日？」

私は首をひねった。

「結婚記念日なの！」

トゲトゲしい長女の横槍《よこやり》が入る。

「それで、なぜ、母さんが毎年この喫茶店に来なくちゃいけないんだ？」

「それは、母さんに聞いてよ」

息子は肩をすくめて、長女と次女が長いため息をついた。三重子を見ると、三重子は、

「ほほほ、私が勝手にやってきたことですから」

と、照れ臭そうに笑った。

私には結婚記念日が大事なものであるという感覚がわからない。そして、そのことを三重子だけが理解してくれている。娘たちは、世間の常識に私をはめ込もうとしている。私

にはなんの価値も見出せない常識だった。

「あ……」

何気なく手にとったカップが想像以上に冷えている。

（そういえば、コーヒーは冷めきる前に飲みほさなければならないはず）

私はコーヒーを一口飲んでみた。

（ぬるい）

結婚記念日の話で切り出すタイミングを見失ってしまったが、一刻も早く、事故のことを伝えるか、伝えないかを決めなければならない。

「あ！」

突然、私の視界にカウンターの中で物静かに佇《たたず》むウエイトレスの姿が飛び込んできた。

（なぜ、こんなことに気づかなかったんだ？）

私は手を上げて、

「あの、少し伺いたいことがあるのですが」

と、ウエイトレスを呼び、こう聞いた。

「私の知る未来の出来事に、時間のズレが生じる可能性はありますか？」

時間がないので簡潔に要点だけ聞きたかった。娘たちには私が何を言っているのかはわからないだろう。まだ、私が未来から来たとは思ってないからである。だが、この喫茶店で働く彼女なら、私の質問の意味を理解できるに違いない。

予想通り、彼女は、

「まったくないとは言い切れません」

と、簡潔に答えてくれた。それで十分だった。

（これで、私の心は決まった）

私は、

「結婚記念日のことはすまなかった」

と、切り出した。

「私は結婚記念日なんて覚えていなかった。あの日も、たまたま、時間ができて、たまたま、三重子が『どこか出かけませんか？』と言うから『じゃ、喫茶店にでも』と言って連れてきただけだった。私は結婚記念日さえ覚えていない不義理な夫だった。三重子、こんな私を許してほしい。この通り」

頭を下げた私を見て、娘たちはお互いに顔を見合わせ、気まずそうにうつむいてしまった。私が頭を下げるとは思ってもいなかったのだろう。だが、三重子は、

「いいんですよ。あなたが結婚記念日に興味がないことぐらい知ってましたから」

そう言って、ほほほと笑った。予想通りの反応だった。三重子はこういう女である。

「実は、私はある目的のために未来から来たんだ」

「え?」

顔を伏せていた娘たちが一斉に顔をあげる。

「それって、もしかして、この喫茶店で聞く噂の……」

「その通りだ」

私は息子の話を手で制しながら、肯定した。ある程度知っているなら話は早いが、その話を聞いている時間はない。

「半年後、三重子は事故で植物状態になる。それから二年半、寝たきりだ」

私は、可能性にかけて事実を率直に告げた。

「植物状態ですか？」

「そうだ」

三重子の言葉に私は短く答えた。

「そうですか」

三重子はさすがに驚いたのだろう、つぶやくように言って、目を伏せた。

「嘘でしょ？」

「何言ってるの？　冗談やめてよ」

長女と次女は信じられないという表情で私を睨みつけた。息子だけが青い顔で黙り込んでいる。この喫茶店のルールのことも知っているに違いない。現実は変わらないということも。

「信じる、信じないはお前たちに任せる」

「いい加減にして！」

長女の悲鳴のような叫びが店内に響き渡った。その声にびっくりして長女が連れてきた孫娘が泣き出した。だが、長女は愛娘《まなむすめ》が泣いているにもかかわらず、そのまま叫びつづけた。

「私も、この喫茶店の噂は知ってる。ホントかどうかなんて興味なかったけど、もし、ホントだとして、ホントだとしたら、どういう神経してるの？　お母さんに何を言ったのかわかってる？　半年後に、なに？　よく、そんなこと、表情も変えずに言えるわね？　ひどいんじゃないの？」

「聞いてくれ、時間がないんだ」

「知らないわよ！　昔からそうよ！　お父さんはいつも自分のことばっかり！　お母さんや、私たちの気持ちなんて考えない！　私たちはそんなお父さんに振り回されてばかり、もう、嫌だ。なんで？　どうして、そうなの？　せめて、お母さんの気持ちだけでも考えてよ」

そこまで話して、長女はぐったりとカウンター席に腰を下ろした。長女の腕の中では孫娘がわんわんと泣いている。だが、長女には孫娘をなだめる余裕がない。そんな長女の腕から、孫娘を引き取りながら、

「回避できないの、その、お母さんの事故は？」

と、次女が冷静に聞いてきた。

「できない」

私は短く答えた。

「それで？　何しに来たの？　まさか絶望的な未来をお母さんに告げに来ただけじゃないよね？」

「ああ」

「じゃ、とっとと終わらせて。終わらせて、私たちの前から消えて」

冷静ではあるが、私が告げたことへの怒りは消えていなかった。それでも、私は内心、

（助かった）

と、胸を撫でおろしていた。手から伝わってくるコーヒーの温度は、残り時間がもうほとんど残っていないことを知らせている。

「わかった」

私は未来を告げたことを後悔はしていなかった。だが、このまま何もせずに帰ってしまえば、私の行動は無駄になる。良い、悪いは、今、決まることではないのだ。告げたこと

を無駄にしない。それが一番大事なのだ。

「三重子」

「はい」

「私はこれまで自分の生きたいように生きてきた」

「はい」

「やりたいことは、何を犠牲にしてもやってきた」

「はい」

「六十七年生きてきて、後悔なんて何もないと、そう思っていた」

「でしょうね」

「君が植物状態になるまでは、だ」

「あら」

三重子は珍しいものでも見るような目になった。

「私も驚いたよ。君が植物状態になって、初めて気がついたんだ。自分が後悔しているというとことにね。こんな気持ちは初めてだった。でも、未来の君とはもう会話を交わすこともできない。だから、来たんだ。君にちゃんと伝えておきたいことがある」

「伝えておきたいこと？」

「そうだ」

「なんでしょう？」

「私は君と一緒になれて幸せだった」

私はこの言葉を三重子に伝えられなかったことを後悔していた。植物状態になった三重子には、語りかけることはできても、伝えることはできない。

「こんなこと、一度も言ったことなかったから信じてもらえないかもしれない。私は私が君のおかげで幸せだったことを、君に知っててほしかった。伝えておきたかった。私は幸せだった。ありがとう。私の言いたいことはそれだけだ」

言うだけ言って、私は一気にコーヒーを飲みほした。普段、私が飲みなれているコーヒーよりも、少し苦い。目が覚めるような酸味に、鼻に抜ける香ばしさ。冷たいのどごし。きっと、あと、数秒でコーヒーは冷めきってしまっていただろう。

（あぶなかった）

私は思わず、カップを置きながら、ふうと長い息を吐いた。

娘たちを見ると、呆気《あっけ》に取られて私を見ている。とにかく、ジェットコースターのように、アップダウンの激しい話についていけてない顔をしている。

「お前たちにも、迷惑をかけたな」

いつの間にか、次女に抱かれた孫娘は寝息を立てて眠っている。

「だが、こう考えてみてくれ。本来なら、母さんが植物状態になるのは半年後だ。それも、事故だから、心の準備もなく、突然だ。その時になって、私のように、ああしておけばよかった、これだけは言っておけばよかったと後悔しても、もう、遅い。お前たちが何を言っても、ルールで母さんが植物状態になることは回避できない。だが、お前たちの頭には今日の出来事が記憶として残ることになる」

グラグラと、周りの景色が揺れはじめた。

「だから、後悔したくなければ、半年間、ちゃんと母さんを大事にしてやってくれ。今まで以上に。頼む」

「あ……」

次女の声が聞こえたかと思ったら、私の体は一瞬にして湯気になり、天井に向かって上昇を始めた。

「お父さん！」

長女が叫んだ。目にいっぱい、涙を溜《た》めているのが見える。怒っているのか、悲しんでいるのかはわからない。周りの景色が上から下へと流れ出した。もうすぐ、私の意識は消える。そんな中、ふと、三重子が私を見上げていることに気づいた。見ると、三重子も泣いている。

「三重子」

「あなた」

「さよならは言わないよ」

まだ、時間がズレる可能性が残っている。それは、未来に戻ってみないとわからない。

「私は」

「ん？」

「私はずっと幸せでしたよ」

「そうか」
「ええ」

三重子の声は、いつも通り優しかった。

過去から戻ってきた門倉は、流が用意した親子丼を食べることなく、早々に店を後にした。門倉は、タクシーで三重子の眠る病院に乗りつけた。

病室の窓は開放されていて、真っ白なレースカーテンがゆらゆらと風に揺れている。三重子が眠るベッド脇の机には、娘たちの写真が飾られている。

静かに病室に足を踏み入れた門倉は、上がった息を整えながらスプリングコートをハンガーにかけた。コートに引っかかっていた桜の花びらがヒラヒラと舞った。

「時間は、ズレなかったか……」

門倉は、そう言って、三重子の横たわるベッドの脇に腰掛けた。三重子の胸元がかすかにゆっくりと上下している。門倉は、その動きをじっと見つめながら、

「不思議だな」

と、声を震わせた。

「後悔は消えたはずなのに、こんなにも、君が目を覚ますのを期待するようになってしまったよ」

門倉の目から、大粒の涙がこぼれ落ちた。

拭っても、拭っても、止まることのない、大粒の涙が……。

完

第二話

愛犬にさよならが言えなかった女の話

「犬？」

カウンター席に座る高竹奈々《こうたけなな》が眉根を寄せて首を傾《かし》げる。高竹は近所の総合病院に勤める看護師で、仕事終わりにこの喫茶店に立ち寄るのが日課になっていた。

「はい。名前はアポロといいます」

疋田奎男《ひきたむつお》は雨でぬれたメガネを外して高竹の質問に答えた。奎男は三十七歳。丸刈りに髭《ひげ》とメガネ、半袖のポロシャツにハーフパンツ姿でリュックを抱えて、店の入り口にびしょ濡れのまま佇《たたず》んでいる。

「雨ですか？　予報では、今日は降らないって言ってたのに……」

手にタオルを持った時田流《ときたながれ》が奥の部屋から出てきて奎男に手渡した。受け取った奎男は
「すみません」と小さく頭を下げる。

「時々、連れてきてましたよね？　確かゴールデンレトリーバーの？」

「あ、そうです。その子です」

「何かあったんですか？」

流が聞くと奎男は少し表情を曇らせた。

「亡くなりました。先週、老衰で。十三歳でした」

「そうでしたか。それは、なんと言えばいいのか……」

「いいんです。大往生でしたから。最期も、たぶん、苦しまずに逝ったんだと思います」

奎男は流から受け取ったタオルでぬれた頭を拭きながら答える。

「たぶん？」

高竹が首を傾げる。

「あ、はい。最期は妻が……」

奎男は言葉に詰まり、しばらく黙っていたが、やがて、意を決したように深呼吸をして顔をあげた。

「アポロはペットではありましたが、十三年間、私たち夫婦にとって本当に大切な存在でした。不妊治療には取り組んでいましたが、私たちには子供ができなかったので……」

「でも、犬の年齢で十三歳っていったら人間だと九十歳近い年でしょ？　ゴールデンレトリーバーみたいな大型犬で十三年は長生きしたほうだと思うけど？」

高竹が優しく、うつむく奎男の顔を覗《のぞ》き込む。

「はい。だから、僕も妻も覚悟はしていたんです。亡くなる数日前から妻と交代で目を離さないようにずっと看病を続けました。つらいなんて思ったこともありません。一日でも長く一緒にいたい。一秒でも長く生きてほしい。ただ、それだけでした」

圭男の話に耳を傾けていた流がレジ横の写真たてに目をやった。その写真たてには笑顔の時田計《けい》の写真が飾られている。流は表情も変えずに、ただ、独り言のように、

「わかります」

と、つぶやいた。

「やがて、アポロの体温が低下し、時々、痙攣《けいれん》を起こすようになってからは妻はアポロに付きっきりで、ほとんど寝ていませんでした。でも、そのせいで……」

「まさか……」

高竹と流が顔を見合わせる。

「はい。妻がひとりの時でした。目が覚めるとアポロは冷たくなっていた、と」

「でも、それって」

「わかっています。仕方がない。僕もそう言いました。でも、妻は最後の最後で眠ってし

まった自分を許せない、さよならも言えなかった、と……」

「じゃ、もしかして、過去に戻りたいって言ってるのは奥さんなの？」

「あ、いえ」

　圭男はあわてて首を振る。

「妻はこの喫茶店のことは知りません」

「どういうこと？」

「でも、もし、過去に戻ることができて、もう一度アポロの顔を見ることができれば、妻は喜ぶのではないかと……」

「なるほど」

　高竹は小さく頷《うなず》いて、ほとんど残っていないアイスコーヒーをズズとすすりあげた。

　腕組みをして話を聞いていた流が、

「過去に戻るためのルールのことはご存じですか？」

　と、圭男に尋ねた。

「はい、噂《うわさ》で。あと、この雑誌にも書いてあったので」

「雑誌？」

眉根を寄せる高竹とは裏腹に、奎男はリュックから一冊の雑誌を取って差し出した。

「なにこれ？」

「ご存じありませんか？」

高竹は受け取った雑誌をパラパラとめくりながら、首を横に振った。奎男は高竹に雑誌を持たせたまま、ペラペラと数ページめくり、ある場所を指差した。

「ここ、ここを見てください」

「え？『都市伝説として有名になった過去に戻れる喫茶店の真相に迫る』なにこれ？」

高竹は目を丸くして流を見た。

「昔、取材を受けたことがあるんですよ。もう何年になるかな？　数《かず》が中学生の時だったから七、八年前ですかね」

高竹は再び雑誌に目を通す。

「喫茶店の名前はフニクリフニクラ。過去に戻れるということで連日長蛇の列ができるほど有名にはなったが……」

高竹は記事の冒頭を口に出し、あとは目だけで追った。

「そんな昔の雑誌、よく持ってましたね?」

流はそう言いながら、奎男から注文を受けていたコーヒー豆を袋に詰めている。

「古本屋で見つけたんです。ちゃんとルールも書いてあるんです」

自慢げに笑顔で答える奎男。


雑誌に書かれていたルールは五つ。
一、過去に戻っても、この喫茶店を訪れたことのない者には会えない。
二、過去に戻ってどんな努力をしても現実は変わらない。
三、過去に戻れる席には幽霊が座っている。
四、過去に戻っても、席を立って移動することはできない。
五、制限時間がある。

高竹が雑誌を掲げながら、

「これさ、結局、この喫茶店で実際に過去に戻れるかどうかはわからないって書いてあるわよ？　営業妨害じゃない？」

と、不満そうに頰《ほほ》を膨らませた。

「今も昔も、客足はそれほど変わりませんから」

流はそう言って、頭をかいた。

「じゃ、コーヒー豆代一二〇〇円です」

流は袋に詰めたコーヒー豆を差し出して、ガチャガチャとレジを打った。

「あ……」

圭男はあわてて、

「これ、ありがとうございました」

と、たたんだタオルを流に返して会計をすませた。

「とにかく、奥さんが戻りたいというのであれば問題ないのですが、もし、気が進まないのであればおすすめできません。本人が信じる、信じないは関係ありませんが、それでも過去に戻るならルールには強制的に従っていただくことになります。その雑誌には書かれてませんが、過去に戻ったらコーヒーは冷めきる前に飲みほしてもらわなければなりません。もし、飲みほせなかった時は、今度は奥さんが幽霊となってあの席に座りつづけることになります」

「え？」

奎男は白いワンピースの女を見た。

「特に奥さんのように後悔が強かったり、人でもペットでも、愛情が深ければ深いほど、二度目の別れは一度目よりつらくなります。そのため、コーヒーを飲まなければいけないとわかっていても、ついつい情に流されて、気づいた時にはコーヒーが冷めきってしまうということも……」

奎男は「愛情が深ければ深いほど」という流の言葉に、

（スナオちゃんはアポロのことを本当の子供だと思っていたから……）

と、不安な気持ちになった。その気持ちが表情にも表れていたのか、

「とにかく、奥さんとよく相談することね」

と、高竹が優しく付け加えた。

「わかりました。話を聞けてよかったです」

奎男はコーヒー豆を受け取り、頭を下げて、くるりと身をひるがえした。

「あ、待って」

帰ろうとする奎男を流が引き留める。

「外、まだ降ってると思うんで……」

流はそう言って奥の部屋から傘を持ってきて、奎男に手渡した。

「ありがとうございます」

「いえ」

奎男は何度も頭を下げて店を後にした。

カランコロン

「考えてみると残酷なルールよね？」

奎男がいなくなった後、高竹がつぶやいた。

「え？」

「人間、やり直せるなら後悔なんてしないのよ。彼の奥さんだって、まさか、自分が寝ている間に愛犬が息を引き取っちゃうなんて思わなかったわけでしょ？　なんで、どうして寝ちゃったんだろって考えたらつらすぎるわよね。それが永遠の別れになっちゃったんだもの」

高竹はこの喫茶店のルールを責めているわけではない。寝てしまったことで愛犬の最期を看取《みと》れなかった奥さんの気持ちを考えると、いたたまれない気持ちになったのだ。

「現実くらい変えてくれてもいいじゃない？　ね？」

「そうですね」

「なんで席から立って移動できないの？　お店から出なければ席くらい移動してもいいと思うのよ？」

「それは俺もずっと思ってました」

「でしょ？　あと、なんでコーヒーなの？　紅茶とかじゃだめなの？」

「うーん、そこはコーヒーであってほしいような……」

「あ、やっぱり?」

高竹はアハハと声をあげて笑った。

「じゃ、帰るね。私にも、傘、貸してもらえる?」

「あ、はい」

レジ前に移動して会計をすませようとする高竹を残して、流は奥の部屋に傘を取りに行った。一人になった高竹はレジ横のコイントレイにコーヒー代をジャラリと置き、

「どんな努力をしても現実を変えることはできない、か……」

と、つぶやいた。

高竹は、戻ってきた流から傘を受け取ると、

「またね」

と、言い残して店を後にした。

数日後、梅雨が明けた。

昔から雷が鳴ると梅雨が明けるといわれているが、それは明確な基準ではない。日本付近を覆う梅雨前線《ばいう》がなくなり、曇りや雨の多い天候から晴れて暑い日が続くようになると「梅雨明け」と宣言される。明確な基準ではないので梅雨明けが宣言された後に再び梅雨前線が停滞することもある。圭男がこの喫茶店を訪れた数日後、梅雨明けの宣言が出された。昼間の気温は三十度を超え、本格的に夏が始まった。

そんな雲一つない空の下、片手に傘を握りしめた女が喫茶店の前に立っていた。女の名前は疋田スナオ。圭男の妻である。

スナオは店頭に置かれた看板をしばらく見つめていた。

(ここが圭男の言っていた過去に戻れる喫茶店か……)

入口は一つ。レンガ造りの壁にアーチ形の屋根。地下へと続く階段にはいくつものウォールランプが続いている。

(私はまだ迷ってる、でも……)

スナオは意を決したように大きな深呼吸をすると、ゆっくりと階段を降りはじめた。炎天下に比べるといくぶん涼しいのかもしれないが、空気の流れがなくなった途端、スナオの額からは玉のような汗が噴き出した。スナオは地下二階の大きな木製の扉の前に立った。

(本当に、もう一度アポロに会えるのなら)

スナオは扉に手をかけた。

カランコロン

中に入るとスナオの目の前には少し広めの土間のような空間が広がっていた。階段で感じたムッとした熱気とは違い、中はひんやりしていた。

(さ、寒い)

汗をかいていたからか、半袖のブラウスから晒《さら》されているスナオの二の腕がぶるると震えた。そろり、そろりと足を進める。見ると、土間の真ん中に入口がある。正面突き当たりの扉には「レストルーム」と書かれた小さな看板がぶら下がっていた。

スナオは土間の入口から喫茶店の中に入った。店内は薄暗く、想像以上に狭かった。二人掛けのテーブル席が三つとカウンター三席。喫茶店というよりはバーといわれたほうがしっくりくる。

「いらっしゃいませ」

不意にカウンターの中から声がした。時田数である。数の声はささやき声のように小さい。

（え？）

学生の頃、飲食系のアルバイトをしていたスナオにとって、やる気のない接客には違和感しかない。

（もしかして、一見さんお断りなの？）

そんな疑問が湧《わ》いてくる。だが、店内を見まわすとスナオから一番近い席には中年の男性が、奥の席には白いワンピースを着た女が座っている。

「カウンターでよろしいですか？」

再び、数がささやくようにスナオに声をかける。

「あ、いいえ、私は夫が借りた傘を返しに来ただけなので……」

（しまった）

答えてから、スナオは返答を間違えたと後悔した。傘を返しに来たのは間違いない。だが、ここに来た理由はそれだけではない。

（過去に戻って、もう一度、アポロに会う）

本当はそのために来た。だが、心のどこかで、過去に戻れることに確信がない。本当に戻れるのだろうかという疑問がある。そのことをこちらから口にすることに抵抗があった。

そんな迷いが、

「傘を返しに来ただけ」

という言葉になって出てしまったのだ。

「そうでしたか」

スナオの言葉を疑うことなく、数は手を止めてカウンターから出てきた。

「わざわざ、すみません」

数は小さく頭を下げ、スナオから傘を受け取ると奥の部屋へと消えた。

「いえ」

これでスナオの用事は終わったことになる。だが、スナオはその場から動かない。本当の目的は別にあるからだ。

（どうしよう。傘を返しに来ただけって言っちゃったし、今日は帰る？　そして、日を改めて……）

しばらくして数が戻ってきた。数はカウンターの中に戻ると、紙ナプキンをフォークやスプーンに巻き付ける作業を再開した。

（この店員さん、私のこと見ないフリしてくれてるけど、きっと、なんで帰らないんだろとかって思ってるんだろうなぁ。どうしたらいいんだろ？　いきなり、過去に戻りたいんですけどって声かけていいのかな？「なんのことですか？」なんて言われたらどうしよう。そんなこと言われたら恥ずかしくて二度と来れない。ああ、奎男に渡されたあの雑誌、もっとちゃんと読んでおけばよかった。奎男にも内緒で来ちゃったし、どうしたらいいの？）

噴き出していた汗はすっかり引いて、冷たくなっている。ふと、顔をあげると手を止めてこちらを見ている数と目が合った。

「どうかしましたか？」

数に声をかけられて、スナオは、

「え？」

と、とぼけてみせたが内心ではホッとしていた。なんでもいい。話すきっかけが欲しかった。

「えっと、あの、迷惑でなければ、お冷やを一杯いただけますか？」

「お冷やですか？」

「ええ、ちょっと、その、今日は外が暑かったから、喉が渇いてて……」

「かしこまりました」

再び、数はスナオの言葉を疑う様子も見せずにグラスに水を注ぎ、カウンターテーブルの上に差し出した。

「どうぞ」

「ありがと」

スナオはそろりとカウンターに歩みより、グラスに手を伸ばした。氷は入っていないのによく冷えた水。口に含むとほんのりレモンの香りが鼻に抜ける。爽やかで飲みやすい。喉なんて本当は渇いていなかったのに、スナオはグラス一杯の水を一気に飲みほしてしまった。

「ごちそうさま」

不意に、入口近くのテーブルに座っていた男がそう言って立ち上がった。男はテーブルに広げていた雑誌を小脇に挟み、レジ前に立つと伝票を差し出した。

「いくらですか?」

「三八〇円です」

伝票を受け取った数がガチャガチャとレジを打ちながら答える。

「じゃ、これで」

男は首からぶら下げている財布から五〇〇円玉を一枚取り出して数に差し出した。

「五〇〇円お預かりいたします」

数がレジを打っている間、男はじっとワンピースの女だけを見ている。

「一二〇円のお返しです」

数から受け取ったお釣りを財布にしまうと、男は何も言わずに出て行ってしまった。

カランコロン

これで店内にはスナオと数、そして、白いワンピースの女だけになった。数から見れば、スナオは傘を返しに来て、水だけ飲んで帰ろうとしない不思議な客である。いや、何も注文していないのだから客ですらないのかもしれない。それでも数は何も言わない。もし、このままスナオが何時間もその場にいたとしても、数は自分の仕事だけを淡々と続けるに違いない。そんな数を見ていて、スナオは、

（この人は何を話しても余計な詮索はしない人）

だと、感じた。

「あの、やっぱり、オレンジジュースをいただけますか？」

「かしこまりました」

スナオの注文に、数は表情ひとつ変えずに応答した。思った通り、

「さっき、傘を返しに来ただけだと言いましたよね？」

なんて無粋なことは言わないし、態度にも出さない。さっさと伝票を記入して、キッチンへと消えた。スナオはその背中を見送って思った。

（正直に話してみよう）

と……。


十三年前。

「子犬をもらってきたんだ」

奎男はペットキャリーの中の子犬を覗き込みながら嬉《うれ》しそうに言ったが、私には一言の相談もなかった。

「聞いてないよ」

「言ってないもん」

臆面もなく答える奎男にムッとする。

「このアパートじゃ犬飼えないでしょ？」

「実家が空いたから、引っ越せばいい」

奎男の実家は神保町《じんぼうちょう》のマンションで、私と結婚するまではお父さんと二人で暮らしていた。そのお父さんが突然帰らぬ人となった。心筋梗塞だった。母親は奎男が小さい時に離婚していて、兄弟もいない。マンションのローンも終わっていたため引っ越し自体にはなんの文句もなかった。

「本当に飼うの？」

「犬嫌いだっけ？」

「嫌いじゃないけど」

そう答えたが、本当は犬が苦手だった。犬というより、動物全般、飼育がめんどくさい。

「犬を飼うのって大変なんだよ？　毎日散歩させないとダメだし、食事とか、健康管理とか、それに寿命だって短いの知ってる？」

「なんとかなるって」

奎男はそう言ってペットキャリーから小さな子犬を抱え上げた。ゴールデンレトリーバーという犬種の男の子。それがアポロとの出会いだった。

アポロを飼いはじめて驚いたことがある。それは、犬にも感情があるということだ。もちろん、まったくないとは思っていなかった。だが、実際に育ててみると私たちとほとんど変わらない感情を持っている。喜怒哀楽はもちろん、叱れば落ち込むし、ほめれば調子にのる。一番驚いたのは、私がドラマを見て泣いていた時だ。アポロはおもむろに寄ってきて私の顔を覗き込んだ。まさかとは思ったが、アポロの目が、

（なんで泣いてるの？　大丈夫？　僕がいるよ）

と、語りかけてくる。実際には言っていない。でも、わかる。しかも、私の頰の涙を優しく舐《な》めてくれた。涙の意味も知っているということだ。私はその時、初めて心が通じるという体験をした。言葉ではないコミュニケーション。目は口ほどにものを言うというが、まさに、その通りだとこの時に感じた。

おまけにアポロは人一倍寂しがり屋で、ひとりで部屋に残されるのをひどく嫌がったりする。ひどい時にはゴミ捨てに行くだけだというのに、

（おいてかないで）

と、訴えてくることがある。そんな時のアポロはかわいくて仕方がない。まるで無垢《むく》な赤ちゃんを相手にしているかのようだ。垄男との間に子供のいなかった私は、私という存在を全身全霊で求めてくるアポロを心から愛するようになっていた。まるで、アポロから、

「ママ」

と、呼ばれているような気がする。私もいつの間にか自分のことをママ、垄男のことをパパと呼ぶようになった。私は垄男と相談して在宅でできる仕事に変えた。垄男のお父さんが残してくれたマンションのおかげで、贅沢《ぜいたく》さえしなければ、垄男の稼ぎだけでも生活は十分できる。垄男も快く承諾してくれた。こうして私の生活はアポロ中心に回るようになっていった。

いつ頃からだろう、アポロは私たちが発する言葉以上のものを理解するようになった。例えば「ダメ」という言葉。やめてほしいことを伝える言葉ではあるが、アポロは私たちの「ダメ」にも本気と冗談があることを読み取る。もっというと、こちらの精神状態、感情を読み取る。

「アポロ、ダメ、やめて」

同じ状況、同じ言葉でも、私が本気でやめてほしい時、機嫌が悪い時はすぐにやめてくれる。逆に、私自身がアポロのやっていることを見て笑っているとか、楽しんでいる場合だと、いつまでたってもやめてくれない。

「パパとママ、どっちが悪いと思う?」
(パパ)
「お風呂入る?」

(あの匂いのする泡嫌い)

「あと五分寝かして」

(ダメ、起きて、起きて散歩連れてって)

「出かけるわよ」

(やった!)

「おやすみ」

(はい、おやすみ)

アポロを飼いはじめて十年が過ぎた頃には、アポロは私が「おやすみ」と言うとすぐに寝息を立てて眠るようになった。年を取って疲れやすくなっている。犬の年齢で十歳は人間に置き換えると約七十歳。この頃から、アポロは私のことを娘だと思っていたに違いない。気がついたら、私がアポロの面倒を見ているのではなく、アポロが私の面倒を見ているという関係になっていた。

私はアポロの存在に感謝していた。結婚してからずっと、私と奎男の間には赤ちゃんができなかったからだ。不妊治療にも取り組んでみた。だが、私たちが子供を授かることはなかった。希望を捨てたわけではない。でも、もし、アポロがいなかったらどんなに寂しい人生だっただろうか。もしかしたら子供好きな奎男との関係も悪くなっていたかもしれない。アポロが私たち夫婦をつなぎとめていた。

キッチンから戻ってきた数が、スナオの前に立つ。

「どうぞ」

「あの」

数がオレンジジュースをカウンターの上に置くか、置かないかのタイミングでスナオは切り出した。話しかけるなら今しかないと思った。「ありがとう」と答えてしまうと、きっと、そのまま何も話しかけられずに終わる。そんな気がした。

「はい」

数が静かに応える。透明感のある声。吸い込まれるような瞳。その瞳を見ていると、何もかもあるがままに受け入れてくれそうな不思議な感覚になった。

「実は、夫に、この喫茶店に来れば、過去に戻れると聞きました」

独り言のように小さな声でスナオは一語、一語、間を取りながら語りだした。数は相槌《あいづち》も打たずにただ静かに聞いている。

「過去に戻りたい。そう思ってここまで来たんです」

スナオはアポロのことを話した。最期に眠ってしまって後悔していること。夫に過去に戻ることをすすめられたこと。そして、ルールのこと。

「でも、迷っているんです。夫の話だと、過去に戻ってもこの喫茶店から出ることはできないと聞いていています。それは本当ですか？」

「はい。その通りです。厳密に言うと、過去に戻るにはある席に座っていただくのですが、その席から移動することができません。立ち上がることも、腰を浮かすこともです」

数は淡々とスナオの質問に答えた。

「つまり、私は過去に戻っても、結局、アポロの最期を看取ることはできないということですね？」

「はい。できません」

数の言葉には余計な気遣いは一切なかった。事実を事実として答えてくれる。同じ質問を奎男にした時、奎男はスナオが受けるショックを考慮して、

「そうかもしれない。でも、もしかしたら僕が知らないだけで、特別なルールがあるかもしれないよ」

と、お茶を濁した。悪気があるわけではない。あくまでスナオの性格や、付き合いの長さ、夫婦としての関係性、過去に戻ることをすすめている立場から、数のように「はい。

できません」だけですますことはできなかったのだ。たとえ、特別なルールがあるという見え透いた嘘《うそ》をついても、目の前のスナオにわずかな希望を残そうとするのが圭男の人間性であり、その嘘に良《よ》し悪《あ》しはない。スナオと圭男の関係において必要な嘘だった。今までも様々な場面で圭男の気遣いで救われてきたし、圭男の言葉だからこそ、受け止めることができた。このような気遣いは二人の関係において重要であった。

だが、数との関係においては別である。スナオは数にこのような気遣いは求めていない。この喫茶店にわざわざやってきたのも、事実を知りたかったからである。もし、数が圭男のように答えていたらスナオの気持ちにはいつまでも靄《もや》がかかっていたに違いない。

「そうですか。その言葉が聞きたいと思っていました」

スナオはショルダーバッグからスマートフォンを取り出して、写真フォルダーからアポロの写真を開いた。写真の中のアポロは、スナオと圭男に抱きしめられて、笑っているように見える。

「アポロは、精一杯、命の限り、私たち夫婦のために生きてくれました。たくさんの幸せを与えてくれました。だから、過去に戻ってアポロの寿命を延ばすための努力をしようなんて気持ちはありません。アポロを飼うと決めた時から寿命が短いことも、いずれ訪れる別れも覚悟してたので……」

スナオの目から涙がこぼれる。

「ただ、心残りは、アポロの最期をちゃんと看取ってあげられなかったこと。さよならも言えなかったから……」

カランとオレンジジュースの中の氷が音を立てる。ＢＧＭも流れていない店内には、三つの大きな柱時計がカチコチ、コチカチと時を刻んでいる。

スナオからは次の言葉は出てこない。スマートフォンを手に握り、ずっと肩を震わせている。数は何もせず、目を伏せて、スナオの前に置いてあるオレンジジュースをじっと眺めているだけだった。

パタン

その時、カウンターに座るスナオの背後から本を閉じる音がした。スナオが振り向くと、白いワンピースの女が音もなくゆっくりと立ち上がっているのがわかった。

（そういえば、客は私だけじゃなかった）

スナオはあわてて涙を拭い、背を丸め、オレンジジュースに手を伸ばした。

（これを飲んだら帰ろう。わかってはいたけど、過去に戻ってもアポロの最期には立ち会えない。それがはっきりわかっただけでもよかった。あきらめもついた）

スナオの背後を、白いワンピースの女が足音も立てずに通り過ぎ、トイレへと消えた。

（帰ろう）

スナオはオレンジジュースを三分の一ほど残して、席を立とうとした。すると、いつの間にか白いワンピースの女が使っていた席でカップを片付けている数が、スナオに、

「お席が空きました。お座りになりますか？」

と、声をかけた。

「え？」

スナオは一瞬、数が何を言っているのか意味がわからず、カウンター席から片足だけ床に降り立った状態で固まってしまった。

「過去に戻るためには、この席に座る必要があります」

「でも、私はまだ過去に戻るとは言ってませんが……」

「はい。過去に戻る、戻らないはあなたの自由です」

数はそれだけを伝えると、テーブル上をダスターで拭いて、そのままキッチンへと消えた。確かに数は座れとは言っていない。あくまで「お座りになりますか?」と聞いただけだった。


（そういえば……）

圭男がルールについて話してくれた時の記憶がよみがえる。


「幽霊?」

「そう。この雑誌によると、過去に戻るための席には常に幽霊が座っていて……」

「嘘でしょ?」

「いや、でも、そう書いてあるんだよ。しかも、過去に戻るための席にはその幽霊がトイレに行っている間しか座ることができない」

「わかった。でも、なんで私なの？　さっきも話したけど、移動ができないなら過去に戻っても意味がない」

「でも、アポロにもう一度会える」

「そうだけど……」

「僕は会うべきだと思う」

「なんで、そう思うの？」

「でないと、スナオちゃんはずっと後悔して生きていくことになる。そんなのアポロだって望んでないよ。アポロに会って、今の気持ち全部聞いてもらったらいいよ」

「そんなのこっちの都合じゃん？」

「でも、僕がアポロなら聞きたい。アポロならそう言うと思う」

「勝手すぎる」

「そうだけど……」

スナオはカウンター席から移動して、白いワンピースの女が座っていた席の前に立った。

（ちゃんと看取ってあげたかったのに）

人生には分岐点がある。後悔はすべて一瞬の出来事で、誰もその瞬間が自分に訪れると
は思っていない。自分の行動が予期せぬ結果を招いてしまった時、人は大きな後悔に苦し
むことになる。二度とやり直すことはできないからだ。

（私は眠ってしまった。アポロはひとりで部屋に残されるのも嫌がるほど寂しがり屋だっ
たから、最後の最後まで一緒にいてあげたいと思っていたのに。私はアポロをひとりで逝
かせてしまった。私が寝ていて、アポロはどれだけ寂しい思いをしただろう？　息を引き
取る瞬間、私が眠ってしまっていることを知ってどんなに悲しかっただろう？　それを考
えるとやりきれない。私は私を許せない気持ちでいっぱいになってしまう。きっと、過去
に戻っても私はアポロに謝ることしかできないだろう。許してなんて言えない。さよなら
を言う資格さえない。それでも……）

スナオはうつむいて、大きく肩を震わせた。ボタボタと音を立てて床に涙が落ちていく。

（それでも、もう一度、アポロに会いたい。アポロの顔が見たい。私は勝手だ。わかって
いる。それでもアポロに、もう一度、アポロに会いたい）

「お座りになりますか？」

背後で数の声がした。スナオは振り向いて、真っ赤な目で数に、

「お願いします。私を過去に、アポロの生きていた時間に戻してください」

と、訴えた。

「わかりました」

この時も数はスナオが過去に戻りたいと言ったその理由を聞くことはなかった。スナオを席に座らせると、キッチンから銀のケトルと白いカップを載せたトレイを持って戻ってきた。

「ルールはご存じですよね？」

「はい。あ、でも、制限時間については具体的にどのくらいなのかは知りません」

「わかりました」

数は説明しながらスナオの前にソーサーに載った真っ白なコーヒーカップを準備した。カップの中にはまだ何も入っていない。

「これから私があなたにコーヒーを淹《い》れます。過去に戻れるのは私がカップにコーヒーを

注いでから、そのコーヒーが冷めきるまでの間だけです」

「コーヒーが冷めきるまで？」

「はい」

スナオはじっと何も入っていないカップを見つめながら考えた。コーヒー一杯が冷めるまでに要する時間を測ったことなんてない。

（十分？　十五分？　いや、もっと短いかも）

スナオはその曖昧な制限時間に戸惑いの表情を見せた。だが、そんなスナオの戸惑いも数にはお見通しだったかのように、

「それから、これを……」

と、トレイの上から小さなマドラーのようなものをつまみ上げ、コーヒーカップに差し込んだ。

「なんですか、これは？」

「これを、こうして入れておけば、冷めきる前にアラームが鳴りますので、鳴ったらなるべく早くコーヒーを飲みほしてください」

「鳴ったら飲みほせばいいのね?」

「はい」

「わかったわ」

スナオは一度目を閉じた。いざとなると呼吸が浅くなり、心拍数が上がるのがわかる。

「よろしいですか?」

「ひ、一つだけ、聞いてもいいですか?」

「どうぞ」

「本当にどんな努力をしても現実を変えることはできないのですか?」

「はい。変わることはありません」

即答だった。そして、それは予想通りの答えだった。例えば、奎男にスナオが眠ってしまわないようにその時間に一緒にいてほしいと頼んだとしても、スナオが眠ってしまうという現実を変えるための行動を奎男は取ることはできない。そういうことなのだ。わかってはいたが、確認しておきたかった。

「わかりました。コーヒー、淹れてください」

「では……」

数は手にした銀のケトルを持ち上げると、

「コーヒーが冷めないうちに」

と、ささやいた。

数は無駄のない美しい所作でケトルをカップに向かって傾けた。細い注ぎ口から、コーヒーが音もなく注がれていく。まるで一本の黒い線のように。やがて、カップいっぱいにコーヒーが満たされた。スナオは自分の体が湯気のようにゆらゆらゆがむのを感じたが不思議と怖くはなかった。

（アポロに会える）

その思いだけがスナオの心を満たしていた。ふっと体が軽くなったかと思うと、上空から吸い込まれるような感覚がスナオの全身を包み込む。見ると周りの景色が上から下へ流れている。それはまるでビデオの巻き戻しのように店内の様子が逆再生されているかのようだった。

私たち夫婦にはなかなか子供ができなかった。

結婚七年目に病院で検査してもらってわかったことは、私が妊娠しにくい体質であるということだった。この時、アポロ五歳。子供好きの歪男もアポロがいることで焦ることはないと、二人でゆっくり妊活を始めた。

その頃だったと思う。散歩の途中に雨に降られて泥だらけになったアポロをお風呂に入れている時だった。

「はい、アポロ、おいで。お風呂入ろ」

「アポロ、ママが呼んでる」

「え？」

「どうしたの？　鳩《はと》が豆鉄砲を食ったような顔して」

「今、ママって言った？」

「言ったけど、え？　嫌だった？」

「ううん、嫌じゃない」

「よかった。言ってみて、ちょっとドキドキしてた」

「ずっと、考えてくれてたの？」

「ずっとってわけじゃないけど、どこかのタイミングで言おう、言おうとは思ってた」

「じゃ、奎男はパパ？」

「ま、そうだね」

奎男は照れ臭そうに頭をかいた。

「ありがと」

「うん」

「ホントに、ありがと」

私には、病院での検査の結果が出てから付きまとっている負い目があった。

（私のせいで子供ができない）

奎男が子供好きなのは知っていた。だから、子供ができにくいと知らされたことが、なによりつらかった。

（私と結婚していなければ……）

そんな私の心を奎男が救ってくれた。私と奎男がアポロと本当の家族になった瞬間だった。

それなのに、私はアポロをひとりで逝かせてしまった。

ごめんね、アポロ。

こんなママを許してくれるわけないよね？


「バウ」

久しぶりにアポロの鳴き声で目が覚めた。目を開けると、さっきコーヒーを淹れてくれたウエイトレスの姿はなく、カウンターの中にはコック服を着た大柄の男が腕組みをして仁王像のように立っているだけだった。声はするのにアポロの姿が見えない。

「バウ、バウ、バウ、バウ」

「アポロ、ダメ、吠《ほ》えない」

喫茶店の入口奥からアポロと奎男の声だけが聞こえる。コック服の男はカウンターから出てきて、私にぺこりと頭を下げると、そのままドスドスと大きな足音を立てて入口へと向かった。

「アポロ、悪い子。静かに。静かにして」

「大丈夫っスよ」

「ホント、すいません」

「バウ、バウ」

「普段はこんなに吠えないんですけど」

「バウ」

奎男とアポロの姿はまだ見えない。アポロの声の感じから一年ほど前だということはわかる。足腰はずいぶん弱っていても、まだ、散歩には連れ出せた頃だ。奎男は時々アポロの散歩の途中、この喫茶店に寄ってコーヒー豆を購入していたと聞いている。

「アポロ……」

大きな声で呼ぼうと思ったのに、実際には独り言のようにか細い声しか出なかった。

「バウ」

それでも、私の声に反応するように壁の向こうのアポロが吠えた。

「アポロ！」

私はそれが嬉しくて、今度は叫ぶように大きな声でアポロの名前を呼んだ。

「え？　ママ？」

次に聞こえたのは奎男の声だった。

「バウ、バウ、バウ」

吠えるアポロに引っ張られながら奎男が入ってきた。

「アポロ、待て、ダメ！」

奎男が駆け出しそうになるアポロを止めている。アポロはこの時十二歳。もうぴょんぴょん飛び跳ねて喜ぶことはないが、大きく尻尾を振りながら奎男をグイグイ引っ張っている。

「あ、大丈夫っスよ。今、お客さん、その人だけなんで」

コック服の男が垚男の背後から声をかけ、私に目で訴えてきた。

（未来から会いに来たんですよね？）

私は小さく頷《うなず》く。

「す、すいません」

垚男は頭を下げてアポロに引っ張られるまま、私が座る席の前までやってきた。

「バウ」

アポロは私の前まで来るとお座りをしてハァハァと舌を出しながら頭を突き出した。撫《な》でてほしい時の仕草だ。私は震える手でアポロの頭をゆっくりと撫でる。手のひらから伝わるアポロの温《ぬく》もり。息を引き取った後のあの冷たくなったアポロではない。体温がある。まさか、もう一度この温もりに触れることができるなんて思ってもいなかった。

アポロは私に撫でられて満足したのか、私の足元に横たわった。垚男を引っ張っただけで相当疲れたのだろう。私がアポロに気を取られているその間に、垚男が向かいの席に腰を下ろしていた。

「なに？　どうしたの？」

奎男が私の顔を覗き込んできた。

「驚いた？」

「驚くよ。今日は実家に行くから散歩に付き合えないって言ってたのに」

「あ、そっち？」

「どっち？」

「あ、ううん、こっちの話」

「よくわかんないけど、ま、いいや。あ、これ、ちょっと持っててくれる？」

奎男はアポロのリードを私に渡して席を立ち、コック服の男に歩みよると、申し訳なさそうに頭を下げている。

「それで？」

席に戻ってきた奎男は横たわるアポロに視線を落としたまま問いかけてきた。

「なにが？」

「何しに戻ってきたの？」

「え？」

「未来から来たんだろ?」

奎男はアポロにちょっかいを出しながら話すので、重要な質問のはずなのに、無駄話のような感覚になる。

「あ、うん」

奎男にはこういうところがある。わかってて知らないフリをしたり、気を遣って違う話題を振ってきたり。子供がなかなかできない原因が私にあったとわかった時も、

「今日の晩ご飯はカレーでごめんね」

「オッケー、問題ないよ」

くらいのテンションで受け入れてくれた。私のことを初めて「ママ」って呼んでくれた時も、本当は考えて、考えて、考え抜いたはずなのに、さりげなさを装ってくれたりした。今回も、最初とぼけて見せたのは、この後、私が話をしやすくするためだ。考えてみれば、私はそんな奎男に何度も助けられてきた。今回も救われた。私は未来から来たことを話そうか、話すまいか迷っていたからだ。そしてたぶん、なぜ私が来たかを奎男は察しているに違いない。だから、私は、

「アポロが……」

と、言うだけでよかった。言葉にしなくても、奎男はすべてを悟って、

「そっか」

と、アポロを見つめながら寂しそうにつぶやいた。この時期の私たちにとってアポロの寿命のことはタブーだった。あと何年生きられるか。考えるだけで涙が出る。

「アポロは、最期、苦しまなかった？」

突然の奎男の質問に、私の心臓はギュッと潰れそうになった。眠ってしまった私には答えられないからだ。涙が溢《あふ》れてくる。申し訳ない気持ちと、情けない気持ち。後悔してもしきれない。奎男にも申し訳ない。でも、嘘をついても仕方ない。奎男にだけは正直に言おう。今知らなくても、やがて知ることになるのだから。

「あのね……。私、アポロの最期を看取ってあげることができなかったの」

ふりしぼるように、私は正直に話した。どんなことがあっても、どれだけ反省しても変えられない過去。

「奎男は仕事でね、その日はいなかったの。私は一人だった。私はアポロにスポイトでお

水を飲ませて、私も少しだけ食事を取った」

声が震えている。あの日の出来事をこうやってこと細かに口にすることは一度もなかった。未来の奎男には「私が寝てたせいで死んじゃった」としか言えなかった。奎男はたくさんの言葉をかけてくれたけど、そのほとんどを私は覚えていない。

「いつでもアポロのそばにいられるように、広めの寝床を作って」

「うん」

「奎男と二人でどちらかが必ず起きてアポロの様子を見るようにしてた」

「うん」

奎男はただ相槌を打ちながら静かに聞いてくれている。

「それなのに、あの日、私はアポロが久しぶりにおいしそうに水を飲んでくれたから、久しぶりに目を開けて私に笑いかけてくれたから、アポロの体を抱きしめるように一緒に横になって、アポロの体温を、呼吸を感じて幸せな気持ちになってたの」

「うん」

「まだ生きている。まだ大丈夫。そう思って体を起こしたつもりだったのに、それは夢だった。気づくと私は二時間もアポロの隣で……」

私は思わずギュッと目を閉じた。言葉にできない。涙が頬を伝って顎から落ちる。

「ごめんね、奎男。奎男は全然悪くないのに、私、奎男に当たってばかりいた」

「あはは、それ未来の僕でしょ？」

「あ、そっか」

「苦しんだんだね」

「うん」

「でも、もう大丈夫だよ。スナオちゃんは悪くない。アポロだって幸せだったに違いないよ。だって、最後までスナオちゃんに抱きしめてもらえたんだから。そうだよな？　アポロ？」

「バウ」

「ほら、そうだってアポロも言ってる」

涙が止まらなかった。また奎男の発言で救われた。アポロはもう一度私にその頭をこすりつけてくる。ほめてほしい時、嬉しい時の行動だ。私は力の限りアポロを抱きしめた。

キスをして、座ったまま、手の届く限り、体の隅々まで撫でまわした。その時だった。

ピピピピ、ピピピピ

アラームが鳴った。すっかり忘れていたけど、私はこのコーヒーが冷めきるまでに飲みほさなければならない。アラームのことを知らない奎男も、それが何を意味するかは悟っている。

「時間?」

「うん」

「じゃ、飲んで」

「うん」

私は、奎男に言われるまま、コーヒーを飲みほした。私が眠ってしまった過去は変わらない。それでも、ここに戻ってきてよかったと思えた。過去の奎男に会えて、もう一度、アポロに会えてよかった。そう思えた。ふわふわと、来た時と同じように体が揺れはじめた。私の手は、それでもまだアポロの頭を撫でている。

「知ってた？」

突然、奎男が手を伸ばして、私の手の上からアポロの頭を撫でながら言った。

「何を？」

「アポロって、スナオちゃんが寝るのを確認してから眠るんだよ」

「え？」

一瞬、私は奎男が何を言っているのかわからなかった。

「ちょっと待って、どういうこと？」

「知るわけないか？　スナオちゃんは寝てるんだもんね？」

「私はいつもアポロを寝かせてから」

寝ていた。私が「おやすみ」と言うと、アポロはすぐに寝床に移動して、すぐに寝息を立てる。私はアポロが寝たのを見てからベッドに入るのが日課になっていた。

「違うんだよ」

「何が違うの？」

「スナオちゃんが寝た後、必ず、アポロは一度起き上がって、スナオちゃんが寝てるのを確認してから寝るんだ」

「え？」

「スナオちゃんが寝てから、アポロは寝るの」

「嘘でしょ？」

「スナオちゃんが夜中ひとりで泣いてることとあったでしょ？」

「あ……」

三十三歳の誕生日。二度目の体外受精に失敗し、私は治療を断念することにした。アポロもいる。そうは思ってもなぜか悲しくて夜中に一人で泣いてることがあった。その時、いつも、アポロがそばにいてくれたのを覚えている。

「あの頃からかな。アポロね、寝たふりしてスナオちゃんが寝るのを待つようになったんだよ。で、スナオちゃんが寝たのを確認したら、必ず、スナオちゃんの目元を舐めてからアポロは寝るの」

「うそ」

「だから、スナオちゃんは看取れなかったんじゃないんだ」

「待って」

「アポロはね、スナオちゃんが寝るのを待ってたんだよ」

「私……」

「アポロはスナオちゃんが寝たのを確認して、安心して眠ったんだ」

そこからの記憶はほとんどない。私はわんわんと大泣きして、力の限りアポロを抱きしめ、ありがとうと声が嗄《か》れるまで言いつづけた。

でも、かすかに覚えている。

アポロが「バウバウ」と吠えながら、私の頬を優しく舐めてくれたことを……。


「どいて」

気づくと奎男とアポロは消えて、白いワンピースの女が怖い顔でスナオの目の前に立っていた。

「ご、ごめんなさい」

スナオはあわてて席から立ち上がり、白いワンピースの女に席を譲る。涙で前がよく見えないのか、足元がおぼつかない。

「いかがでしたか?」

突然、スナオの背後から声がした。数である。

スナオは真っ赤な目で店内を見まわした。まだ、現実に戻ってきたことが信じられない。

(アポロ……?)

数はスナオの使っていたカップを下げ、キッチンへと消えた。白いワンピースの女は何事もなかったかのように静かに本を読みはじめる。スナオの目に映るのは、異なる時間を刻む三つの大きな柱時計と天井で回る木製のシーリングファン、そして、白いワンピースの女だけ。窓のない店内は時間の経過すら感じられない。

(もしかして、夢だった?)

さっきまでそばにいたアポロは気配すら感じない。でも、確かにアポロはいた。亡くなったはずのアポロ。その温もりがいまだ手に残っている。

頬にも……。

しばらくして、数が白いワンピースの女のコーヒーを持って戻ってきた。

「どういうことですか？」

「と、いいますと？」

「現実は何も変わらないんですよね？」

「その通りです」

「過去も変わらない？」

「はい」

「それなのに、私はまったく別の人生に戻ってきたような感覚になっています、それはなぜですか？」

すがるような目で数に詰め寄るスナオ。だが、数は涼しい顔で、

「それは、私にはわかりません」

と、答えただけだった。

「そうですか」

スナオはモヤモヤする気持ちのまま、会計をすませ、店を後にした。

いつの間にか、陽《ひ》は沈みかけていた。オレンジ色に染まる街。長く伸びる影。私は家路につきながら考えた。

（私に何が起きたのだろう？）

過去の後悔をずっと抱え込んでいた。どこにも吐き出す場所はなく、どうやっても救われないと思っていた。それなのに、今は、不思議な感覚に包まれている。その感覚を言葉にするなら、

感謝。


としか、言い表せない。今は早く帰って奎男に伝えたいことがある。きっと奎男は、

「それ、過去の僕が言ったことでしょ？」

と、笑うに違いない。私にとってはどちらでもいい。そして、アポロにも伝えたい。今まではずっと「ごめんね」しか言えなかった。

でも、そんなのアポロは望んでいなかった。アポロが望んでいたのは、きっと、私が泣かないこと。私が胸を張って生きていくこと。だから、帰ったら二人にこう言おう。

ありがとう、と……。

完

第三話

プロポーズの返事ができなかった女の話

きっとプロポーズされる。

この喫茶店に誘われた時から石森《いしもり》ひかりは嫌な予感がしていた。しかも、

（まさか、ここでプロポーズするつもりなの？）

と、その神経を疑いたくなるような辛気臭い喫茶店。地下二階。窓なし。天井からぶら下がるランプは数も少なく、店内は不気味なほど薄暗い。

（え？）

見ると、床から天井まで伸びる三つの大きな柱時計があるのだが、三つとも全然違う時間を示している。自分の時計で確認すると真ん中の時間だけが正しい。

（二度と来ない）

これが、この喫茶店を訪れたひかりの第一印象である。

（プロポーズにはタイミングも場所も最悪）

ひかりは心の中で大きなため息をついた。

崎田《さきた》羊二《ようじ》とは二年前に謎解きゲームのイベントで出会った。

謎解きゲームとは、とある場所に閉じ込められたことを想定し、制限時間内に数ある謎

を解いて脱出を目指す参加型イベントである。このイベントの参加者は強制的に六人一組のチームを組まされる。ひかりは女友達三人と参加していて、男三人で来ていた羊二のグループとチームになった。羊二は謎解きゲームが好きで、週末は一人でもイベントに参加していると聞いた。

そんな羊二の第一印象は、

（らっきょうメガネ）

だった。小学生の頃のあだ名は「博士」だったに違いない。ひかりはそんなことを考えながら羊二がメガネをクイクイと押し上げるたびに笑いを堪《こら》えていた。六人はそのゲームイベントをキッカケに仲良くなって頻繁に遊びにも行くようになった。

半年も経《た》った頃、ひかりはグループ交際が続いているものだと思っていたが、気づくとグループ内に二組のカップルが成立していた。残ったひかりと羊二は、他の四人の後押しもあって勢いで付き合うことになった。

羊二からこの喫茶店でプロポーズされたのは、出会ってから三回目のクリスマスイブである。

「結婚だけはもう少しだけ待ってほしいの」

ひかりの言葉は羊二がリングケースを取り出したタイミングで放たれた。

付き合いはじめてちょうど一年。時々、羊二の言動から結婚を意識していることには気づいていた。こんな日が来ることも。

「勘違いしないでね、別に結婚したくないとかじゃなくて」

正直なところ、

(結婚する相手として正解かどうか迷っている)

だけど、それを伝える勇気はない。羊二を傷つけてしまうかもしれないからだ。彼氏として付き合うには申し分ない。キッカケとなった謎解きゲームも今ではひかりのほうが夢中になっているし、公務員である羊二の収入に不安はない。それでも結婚のことを考えると気が重くなる。将来が不安なのではない。

(もしかしたら、羊二よりも相応《ふさわ》しい結婚相手が現れるかもしれない)

そんな、漠然とした期待感のようなものがある。本当に結婚しても後悔しないという確信が持てない。まだ、二十八歳。この結婚を逃しても次はある。女友達が二十四、五で結婚したが、次々と離婚しているという話を聞く。だから、結婚すること自体に懐疑的になっているのかもしれない。一人で生きていることにも不自由はない。だから、どうしても結婚したいという気持ちが湧《わ》いてこないのだ。

(このままじゃダメなの?)

羊二の口から結婚を仄《ほの》めかす言葉を聞くたびに微妙に心が冷えていく自分にも気づいていた。嫌いではないのだ。タイミングもある。それが今ではないだけ。

今は……。

「やっと、やっと仕事がおもしろくなってきたっていうか……」

嘘《うそ》ではなかった。ひかりは一年前に転職してブライダルプランナーとして働きはじめた。前職は大手企業の会社員をしていたが、上司のモラハラ(言葉、態度による嫌がらせなどの精神的な暴力)で退職経験がある。今の会社は前職に比べて勤務時間は不規則で、土日はなかなか休めない。給料も減った。だが、上司には恵まれ、やりがいもある。仕事とはいえ、目の前で幸せになる新郎新婦を見て目頭を熱くすることも多々あった。

だからこそ思う。

（私は今、羊二と結婚して、こんなにも幸せな気持ちになれる自信がない）

だから、踏ん切りがつかない。この気持ちをどんな言葉で伝えればいいのかもわからなかった。融通の利かない、めんどくさい性格であることもわかっている。でも、結婚するなら、変なモヤモヤは残したくない。

「勝手だよね、ごめん」

ひかりはただそれだけ言って、視線を落とした。カップの中のコーヒーはすっかり冷めているのに一ミリも減っていない。

「そっか。やっぱり、ちょっと、焦りすぎたかな？」

そう言って苦笑いする羊二の顔を見て、ひかりの心はチクチクと痛んだ。自分のわがままで悲しい想《おも》いをさせている。それでも自分の気持ちに嘘はつけない。嘘をついて結婚をしても、それで本当に羊二が幸せになれるとは思えないからだ。

「僕、待つよ。待ってる。ひかりの気持ちが変わるまで」

羊二はそう言って冷めきったコーヒーを一気に飲みほした。

「というのが去年の話です」

ひかりはこう言って、過去、この喫茶店で繰り広げられた羊二とのエピソードを締めくくった。当時の気持ちも、思い出せる範囲で正直に語ったつもりでいる。そんなひかりの話を黙って聞いていたのは、この喫茶店のマスター時田流《ときたながれ》とウエイトレスの時田数《かず》、そして、カウンター席に座っている常連客の清川二美子《きよかわふみこ》。正確にはもう一人、喫茶店の一番奥の席で静かに本を読んでいる女がいる。十二月なのに半袖の白いワンピースを着て、寒がるそぶりも見せない。ひかりの話にも興味がないのか、一度も本から目を離すことはなかった。

「え？　で、彼とは？」

ワンピースの女とは逆に、興味津々で話を聞いていた二美子が口を挟んだ。

「フラれました。半年前に」

「フラれたの？　待ってるって言ったのは彼だよね？」

「はい」

「理由は？」

「他に好きな人ができたって……」

「なんじゃそりゃ」

二美子は呆《あき》れ顔で大きくのけぞった。

「忘れなさい。そんな半年も待てない男のことなんて、とっとと忘れちゃえばいいのよ。むしろ、結婚しなくて大正解！　……ということで過去に戻る必要なし！」

「え？」

初対面の、しかも、この喫茶店で偶然居合わせただけの二美子に勝手に結論を出されてひかりは面食らってしまった。ひかりは（助けてください）とカウンターの中の流と数に目で訴えるが、流は、

「うーん」

と、腕組みをしたまま眉間に皺《しわ》を寄せて唸《うな》っているだけ。数に至っては話すら聞いていなかったのか、涼しい顔でグラス磨きに没頭している。

(この人たち、なんなの?)

過去に戻れるなんて本気で信じていたわけではない。それでも、もしかしたら、もし、戻れるのならと藁《わら》にもすがる思いがあった。確かに、流や数から「理由を言わなければ過去には戻せない」と言われたわけではない。「何があったの?」と聞いてきたのは二美子だった。初対面だったから二美子が何者かなんて知るすべもない。もしかしたら二人の心を代弁しているのかもしれない。理由を話さないと過去には戻してもらえないと勝手に解釈したのはひかりである。だから、何も言ってくれない二人に苛立《いらだ》つのはお門違いであることもわかっている。なにより、恥ずかしい。勝手に身の上話をして、勝手に苛立ち、勝手に情けない気持ちになっている。

(何やってるんだろ?)

ひかりはこの喫茶店を訪れたことを後悔しはじめていた。

その時、

「戻れますよ」

と、独り言のような声が聞こえてきた。視線をあげるとカウンターの中の数が手を止めてこちらを見つめている。

「本当ですか？」

「はい」

そういえば、この喫茶店に来てから数の「いらっしゃいませ」と、流の「うーん」以外は二美子としか話をしていなかった。ひかりは跳ねるようにカウンター越しの数に詰め寄った。やっと本題に入れる。

「では、戻らせてください！　今、お話しした一年前のあの日に！　お願いします！」

「戻るだけ無駄なのに？」

再び二美子の言葉が飛んできた。しかし、今度はひかりも負けてはいない。

「どうしてあなたに無駄だとわかるんですか？　そんなの戻ってやり直してみないとわからないでしょ？」

ひかりの感情的に放った言葉に二美子が目を丸くする。そして、すぐ、二美子は、

「ごめんなさい。言い方が悪かったのね」

と、申し訳なさそうな顔を見せた。

そんな二美子の顔を見て、ひかりは熱くなりすぎたことを後悔した。だが、二美子は反省したのではなかった。

「いや、たぶん、あなた、知らないでしょ？　過去には戻れる。戻れるんだけど、実は、あなたが過去に戻ってどんな努力をしても現実を変えることはできないのよ」

「え？」

二美子の説明はひかりの求めている答えではなかった。なぜなら、現実を変えるために過去に戻るのだ。そうでなければなんのために過去に戻るというのだろうか？

「何を言ってるんですか？」

「だから、過去に戻ってあなたが彼のプロポーズを受けたとしても、逆に、あなたからプロポーズしたとしても、彼に好きな女ができて別れるという現実は変わらないのよ」

「だから、なぜ、変わらないのかを聞いているんです！」

さっきよりも声を荒らげるひかりに、

「そういうルールなんです」

と、数が冷静に答えた。

「ルール？」

「はい。過去には戻れます。戻れますが、強制的にいくつかのルールに従ってもらうことになります」

静かな口調ではあるが「強制的に」というワードが反論の余地を与えない。数の冷めた視線を見ていると、押してもピクリとも動かない壁のようなものを感じる。どう足掻《あが》いても無駄なような気持ちになった。それでも、まだ納得できない。ひかりは抵抗を試みた。

「でも、結婚しようって約束することは？」

「できます」

「え？」

「でも、結婚はできません」

一瞬喜びそうになったひかりはさらに食い下がる。

「じゃ、式場を押さえちゃえばいいんじゃないの？」

「仮に式場を押さえることができても、当日、なんらかのトラブルで式は中止になったり、婚姻届を書いても役所に出すことは絶対にできません」

混乱するひかりの頭の中。

(過去が変われば、現実も変わる)

これは全世界共通の認識だと思っていた。それが、今、覆された。

「嘘でしょ？」

(嘘だと言って)

「本当です」

「なぜ、そんなルールがあるんですか？」

「それは、私たちにもわかりません。ただし、ルールは絶対です。ルールによって、あなたは絶対に彼と結婚することはできません。そして必ず、彼はほかに好きな人ができたと言ってあなたに別れを告げることになります。その間、あなたと彼の関係が発展することも、後退することもありません。逆に言うと、彼にフラれるまでは、あなたが別れたいと言い出しても別れることはできません」

「嘘でしょ？」

ひかりは中央のテーブル席にへなへなと力無く腰を下ろした。

（まさか、こんなめんどくさいルールがあるなんて知らなかった）

この喫茶店で過去に戻れることを知ったのは、羊二から送られてきたメールでだった。

別れてから数か月経ったある日、突然、なんの前触れもなくメールが届いた。

僕がプロポーズした喫茶店
あの喫茶店には過去に戻れるという噂《うわさ》がある

挨拶なし。たった二行のそのメールに、ひかりは、

（気持ち悪い）

と、身を震わせた。勝手に好きな女を作って別れておいて、意味のわからないメールを送り付けてくるなんて普通じゃない。ひかりは、このメールを既読にした後、返事もせずに無視していた。

その数日後、羊二の訃報が届いた。

ひかりは一連の出来事に微妙な違和感を抱いた。この感覚に覚えがある。謎解きゲーム

に参加している時に時々感じる閃《ひらめ》きのようなもの。一見、関係のない複数の謎が繫《つな》がって一つの答えを導き出す、あの感覚。

プロポーズ。

裏切り。

突然の訃報。

そして、最後に届いたメール。

ひかりは、これらのワードから導き出される直感を信じてこの喫茶店を訪れた。過去に戻れるというのであれば、この現実を変えられるのではないかと期待して。だが、その希望は見事に打ち砕かれた。

「現実を変えられないってのが、相当ショックだったみたいね？」

天井を見上げたまま放心状態のひかりを見て二美子がつぶやいた。

「普通の反応ですよ」

流が返す。

「確かに」

実は二美子も過去に戻ったことがある。突然、アメリカに行ってしまった彼氏に会いに行くためだ。その時、二美子もこの喫茶店のルールのことは何も知らなかった。基本的なルールは五つ。

一、過去に戻っても、この喫茶店に来たことのある人にしか会えない。
一、過去に戻ってどんな努力をしても現実を変えることはできない。
三、過去に戻れる席には先客がいる。
四、席を移動できない。
五、制限時間がある。

二美子もひかり同様、現実を変えることはできないと知って、一旦は過去に戻ることを諦めた。だが、何をしても現実が変わらないのであれば、勝手にアメリカに行ってしまった彼に文句の一つでも言ってやろうと過去へ戻った。その結果、彼がアメリカに行くことは阻止できなかったが、彼の本心を聞いて戻ってくることができた。

「ところで、アメリカの彼は元気なんですか？」

カウンター席に座る二美子に流が声をかけた。だが、二美子はその質問にすぐには答えず、飲んでいたコーヒーをズズっとすすりあげてから、

「うーん、ま、元気だとは思うんだけど」

と、他人事《ひとごと》のように答えた。

「連絡取ってないんですか？」

この質問にもすぐには答えず、置いてあるカップの縁を人差し指で撫《な》でている。二美子の態度からアメリカにいる彼とはうまく連絡が取れていないことが、傍《はた》で聞いているだけのひかりにも理解できた。

「ま、便りがないのは元気な証拠っていいますから」

流は静かに二美子のカップに手を伸ばし、コーヒーのおかわりを淹《い》れるためにキッチンに消えた。

「そーね」

流がいなくなってから、二美子は独り言のようにつぶやいた。

（気に入らない）

ひかりは、なぜか二美子に対してイライラしている自分に気がついた。初対面であるにもかかわらず、店員でもない二美子が、

「過去に戻っても現実は変わらない」

と、知った風な口を利いたことに腹を立てているのではない。断片的に聞こえてきた内容からでもわかる。二美子は彼氏に対して意地を張って連絡を取っていないだけだ。

（彼氏の話になった途端、急にしおらしくなった）

人の感情とは、多くを語らなくとも読み取れることがある。それは表情からであったり、仕草からであったり様々だ。今の二美子は伏し目がちで、下唇を噛《か》んで本心を隠しているのがわかる。きっと、アメリカの彼氏から連絡が来ないことに不満を持っているのに、その不満を彼氏に伝えられないでいる。

（何様のつもり？）

容姿端麗。整った綺麗《きれい》な顔立ちには、負けん気の強さ、高いプライドが漂っている。だから、彼氏から連絡が来るまではこちらからは連絡しないと決めているに違いない。

（バカバカしい）

連絡一つですむ話だ。連絡できる相手がいるのに無駄な意地を張っている。ひかりは二美子に嫉妬していることに気づいた。イライラの原因は嫉妬である。

（この人は美人なうえに彼氏もいる。私にないものをすべて持っている）

男なら誰でも、二美子に好きだと言われて悪い気はしない。そんな容姿に嫉妬しているのだ。きっとアメリカの彼氏と別れても、すぐ別の男性と付き合うことができる。男が放っておくわけがない。連絡が来ないことにちょっと拗《す》ねてみるなんて余裕のある女がなせる業《わざ》なのだ。

（神様は不公平だ。私にそんな余裕はない。なかったはずなのに羊二のプロポーズの返事を先延ばしにしてしまった。謎解き仲間で最後に残った私を、その場の流れでつかまされただけ。流されただけ。それなのに、羊二が自分のことを見た目ではなく、中身で選んでくれたと勘違いしていた。思い込んでいた。忘れていた。結局、男は見た目で選んでいることを）

「待ってるよ」

ひかりは、その言葉を信じた。信じていた。だが、そんなひかりに羊二は、

「好きな子ができた」

と告げた。ひどい仕打ちだと思った。

（いや、待たせた私も悪いのかもしれない。それでも考えてしまう。私だってもっとかわいければ）

腫れぼったい目、低い鼻、薄い唇。なんの特徴もない平凡な顔。二美子のように上等にはできていない。

（せめて二美子のその目だけでも、鼻だけでも、唇だけでも自分に備わっていれば、羊二も新しい彼女を作ろうなんて気は起こさなかったかもしれない）

二美子には、ひかりの欲しいものすべてが完璧に備わっている。だから、腹立たしいのだ。

（醜い嫉妬だ）

わかっている。比べるものでもないことも。それでも、好きな子ができたと言った羊二の顔を思い浮かべると、どうしても悔しさがこみあげてくる。

（もし、あの日、プロポーズを受けていたら？　私はきっとこんな醜い嫉妬心を抱くこともなかった）

だが、もう遅い。二度と羊二と会うことはできない。

「実は」

ひかりは顔をあげて、流からコーヒーのおかわりを受け取っている二美子に向かって話しかけた。二美子は咄嗟《とっさ》にはひかりが自分に話しかけていることに気づかずに淹れたてのコーヒーを飲もうとしていた。

「あ、ごめん、私に話しかけてた？」

二美子はカップをソーサーの上に戻し、くるりと体をひねってひかりに向き直った。

「私の彼……」

「うん」

「亡くなったんです。別れた後に……」

「え？」

突然のひかりの告白に二美子は大きく目を見開いた。カウンターの中に立つ流と顔を見合わせる。

「元々、心臓に疾患があったんです。時々、病院に行ってることも知ってました」

ひかりはテーブルの上に載っているシュガーポットをぼんやりと眺めながら独り言のように話を続けた。

「まさか、別れ話になった時、彼が死ぬなんて思っていなかったから。ああ、結婚を先延ばしにしたことが気に入らなかったんだなって、腹も立てました」

（でも……）

心の奥にわずかに滲《にじ》む疑念。

（もしかして、彼は自分が病気で死ぬことを知っていて、わざと好きな子ができたと嘘をついて私と別れたのでは？）

ひかりは思わずふっと鼻で笑ってしまった。

（ありえない）

その考えはあまりに自分に都合がよすぎる。こんなこと、言葉にするのも恥ずかしい。

（でも、もし、そうなのだとしたら？）

別れてからのこの半年間の感情がすべてひっくり返ることになる。

(その時、私はどうなるのだろう?)

ひかりは流と二美子の視線に気づいて、小さく頭を振る。

(だとしても、今更どうにもならない。何も変わらない。たとえ過去に戻ったとしても、現実を変えられないいんじゃ意味がない)

ひかりは、あえて心のモヤモヤを言葉にはせずに、

「もし、過去に戻れるなら、せめて手遅れになる前に治療を受けるように言って、助けられるんじゃないかって。助けることができれば、別れずにすむんじゃないかって思ってたんです」

と、力なくつぶやいた。

やはり、過ぎ去ってしまった時を取り戻すことはできない。もし、そんなことが可能なら、この喫茶店の存在はもっと有名になっている。過去の過ちをやり直したいという客でごった返していてもおかしくない。だが、窓もない薄暗い店内を見まわしても客は白いワンピースを着た女と二美子だけ。メニューを見てもコーヒー一杯たったの三八〇円。一番

高いものでも九八〇円の若鶏と青じそのクリームパスタである。飲食業界に疎いひかりであっても、この客数にこのメニュー、値段設定で経営が成り立っているとは思えない。過去に戻って現実を変えられるのだとすれば、コーヒー一杯一万円でも、いや、一〇万円でも客は来る。

つまり、

（過去に戻って現実を変えることができないのなら、この喫茶店に価値などない）

ということだ。

実際に、今、ひかりもそう思っている。もし、過去に戻って羊二を助けることができるなら、羊二のプロポーズを受け止めて、二人で幸せになれるのであれば、ひかりは、一〇〇万円、いや、一〇〇〇万円出せと言われても出したかもしれない。人の死が一〇〇〇万円で救えるのなら、むしろ安い。それなのに、この喫茶店の佇《たたず》まいは、あまりに質素すぎる。現実を変えることができないからだ。やっと、理解できた。普通の人は、この喫茶店で過去に戻ろうなんて思わないのだ。

「でも、どうやら無駄足だったようです。帰ります。いくらですか？」

ひかりはそう言って席を立ち、椅子にかけてあったコートを手に取った。レジを見るとすでに数が待っている。伝票を渡すと、数からは、

「三八〇円です」

とだけ返ってきた。素っ気ない。数は、ひかりにとって喫茶店に入った時から存在感を感じない不思議な店員だった。口数も少なく、まったくサービス業に向いてないタイプだと思った。ひかりが話していても相槌《あいづち》を打つのは二美子や流であって、数は黙々と食器の手入れをしているだけ。こちらの事情に踏み込んでこない壁のようなものを感じていた。

二美子に対しては容姿に嫉妬もしたが、話を聞いてくれていた分だけ、好感は持てた。流に至っては、ずっと腕組みをしてうんうん唸っていただけだが真剣に耳を傾けているのはわかる。ひかりにとって、客である白いワンピースの女を除き、数だけが蚊帳《かや》の外だった。

その数が、支払いのためにレジ前に立つひかりに、

「このままお帰りでよろしいですか?」

と、聞いてきた。

ひかりはすぐには何を言われているのかわからなかった。何か忘れ物でもしたのかと思

い、ショルダーバッグ、そして、座席にも視線を走らせてみたが何も見当たらない。

でも、

(忘れ物ではないが、心残りはある)

ひかりの胸の内には未解消なモヤモヤが残っている。しかし、数がそんなひかりの心の内を指摘しているとは思えない。なにより、ひかり自身、頭の中でかき消そうとしたモヤモヤだ。ひかりは数からお釣りを受け取りながら、反射的に、

「ええ」

と、答えていた。

(本当にこのまま帰っていいのかしら?)

答えてみると、突然、迷いが出てきた。数はひかりを引き止めたわけではない。

ただ、

「このままお帰りでよろしいですか?」

と聞いてきただけだ。だが、そのせいでひかりの心のモヤモヤはさらに色濃くなった。

羊二は亡くなる前に好きな女ができたと言って別れ話を持ちかけてきた。でも、本当に他

に好きな女なんていたのか？　この喫茶店で、あの日、待ってると言ったのに？

（もし、彼が私と別れるために好きな女ができたという嘘をついたのだとしたら？）

そうなると話は変わってくる。別れ際に抱いた感情（怒り）は羊二によって意図的に引き出されたものになる。

（羊二はわざと私に嫌われるような別れ話をした？）

（なぜ？）

（そんなことはわかっている）

（私を悲しませないため）

（待って）

（そんなの私の推測でしかない。美化するにもほどがある）

（でも）

（もし、もしも、本当に羊二が私を悲しませないために嘘をついていたのだとしたら？）

数の一言から、ひかりの心のモヤモヤが紐解かれていく。たぶん、わざと考えないように、気づかないようにしていたのかもしれない。でも、羊二の性格を考えるとこっちのほうがしっくりくるのだ。待っていると言ったのに、簡単に心変わりするような男ではない。そんな男なら好きにならなかった。

（どうしたらいいの？）

会計が終わったのになかなか出ていかないひかりを、二美子が怪訝《けげん》そうな顔で覗《のぞ》き込んでいる。数はレジ前から動かずに、ただ、目を伏せて立っている。普通のウエイトレスなら会計が終われば「ありがとうございました」と言って頭を下げている。だが、しない。ただ、じっと何かを待っているかのように見える。ひかりはそんな数を見つめながらあることに気づいた。

「あの、もう一度確認したいんですけど」

「なんでしょう？」

ひかりの質問を待っていたかのように数が答える。

「過去に戻ってどんな努力をしても……、それはつまり、何を言っても現実は変わらないということですよね？」

「その通りです」

「彼に亡くなることを伝えても？」

「はい」

「それは彼のその後の生活に影響しないのですか？」

「亡くなることを知らされても、その後の生活が変わることはありません。それは、現実は変わらないというルールに守られるからです」

「じゃ、知らされた事実は？　彼の記憶はどうなりますか？」

「残ったままです」

「残ったまま？」

「ただし、そのことを信じる、信じないは彼の性格しだいです」

「つまり、冗談と受け止めるか、真剣に受け止めるかは彼次第？」

「その通りです」

「なるほど」

思った通りである。なら、こうも考えられる。現在のひかりは、羊二が他の子を好きになることを知っている。でも、過去に戻ってこれから会う羊二はそのことを知らない。そして、今、ひかりが過去に戻っても、戻らなくても別れるという現実は変わらない。だが、同じ現実でも羊二の立場に立ってみるとどうだろうか？

（もし、死を目の前にした羊二がひかりのために嘘をついていたのだとしたら？）

羊二にとって、あの日、プロポーズを先延ばしにされて迎える死と、プロポーズが成功して迎える死とでは全然違うのではないだろうか？　ひかりにとっては変わらない現実も、羊二にとっては少しだけ違うものになるのではないだろうか？　せめて、あの日から亡くなるまでの数ヶ月は心の持ちようが違うはず。その上で、好きな子ができたとしても、それはそれでいいのかもしれない。それが嘘なのだとしたら尚更《なおさら》だ。

（私にとっては意味がなくても、羊二にとっては意味があるのかもしれない）

ひかりはじっと見つめる数に向き直って、

「やっぱり、私、戻ってみます。戻って、ちょっとだけ、この現実に抵抗してみようと思います」

と、告げた。

「わかりました」

数はそう一言告げると、くるりと踵《きびす》を返してキッチンに消えた。会計までしておいて、「過去に戻りたい」と言い出した理由でも聞かれると思っていたのに拍子抜けだった。なんだか心の中すべてを見透かされているようで気味が悪い。

「どうしたの？　突然」

テーブル席に戻るひかりに二美子が話しかけてきた。予想通りである。この女なら聞いてくると思った。だが、すべて話す義理はない。ひかりは一言だけ、

「後悔したくないので」

と、答えた。

「なるほど」

二美子はそう言って何か思うところがあったのか、それ以上話しかけるのをやめ、用事を思い出したと言って喫茶店を出て行った。カランコロンとカウベルが響く。アメリカの彼氏に連絡しに行ったのかもしれないし、別の用事かもしれない。ひかりは「後悔したくない」という言葉に、

（意地を張っていると後悔するのでは？）

というメッセージを込めていた。どうやら、それがちゃんと伝わったらしい。

他人の一言に何を感じて、どんな行動を取るのかは個人の自由である。それはひかりも同じだった。一旦は帰るつもりでいたのに、数のさりげない一言で過去に戻ろうと気持ちが変化した。今は現実は変わらないとしても、過去に戻ることに意味があるかもしれないと思っている。

（羊二のために）

ほんの少しだけ、羊二と付き合っていた時の気持ちを思い出し、きゅっと胸が締めつけられる。この気持ちからも目をそらしていたことに気づく。

（いろんなことがありすぎて冷静に自分の気持ちとは向き合えていなかったけど、今は違う。やっぱり、私は彼を愛していた）

そして、

（ちゃんと確かめておきたいこともある）

今、過去に戻ることに迷いはない。ひかりはもう一度コートを椅子の背もたれにかけて、腰を下ろした。

テーブル席に腰掛けて待っていると数がキッチンから戻ってきた。

コーヒーのおかわりを注ぐと、現実は変わらないというルールの他にもいくつかのルールがあると教えてくれた。この喫茶店に来たことのある人物にしか会えないことや、過去に戻るためにはある席に座らなければならないこと。過去に戻ってもその席からは移動できないことなど。めんどくさいルールだとは思ったが、ハードルが高いというほどではない。ただ、ひとつだけ、驚いたルールがある。

「幽霊ですか？」

一番奥に座っている白いワンピースを着た女性が、実は幽霊であると説明された時だった。一瞬、冗談かと思ったが、

「はい。過去に戻るためには彼女がトイレに立つのを待つ必要があります」

と、表情も変えずに説明を続ける数を見て何も言えなかった。なにより、冗談を言うようなタイプにも見えない。過去に戻れるのだから幽霊がいてもおかしくはない。だから、幽霊の存在は受け入れることにした。でも、

「トイレ？　幽霊なのにトイレに行くんですか？」

考えても、考えても、幽霊がトイレに行く理由がわからない。もしかしたら、真顔で「嘘です」と言うのではないかと数の顔を覗き込んでみたが、数はキッパリ、

「はい。彼女は一日に必ず一回だけトイレに行きます。そのすきに座る」

と、続けた。ひかりの驚きとか、疑問、動揺などはお構いなしである。

それから、ワンピースの女がいつトイレに行くかはわからないこと、ワンピースの女が席を立つまで待つのなら、閉店後も店にいてもいいという説明を受けた。店内にある時計を見たが三つの柱時計はそれぞれがバラバラの時間を指しているが、真ん中の時計だけが正しいことは確認済みである。見ると、ちょうど夕方の五時になったところで、真ん中の柱時計の鐘がボーンボーンと五回鳴った。

「待たせてもらいます」

ひかりはそう言って、出されたばかりのコーヒーに手を伸ばした。普段、インスタントか、自分で淹れた市販のドリップタイプばかり飲んでいるひかりにとって同じコーヒーとは思えない味わいだった。確か、羊二とこの店に来た時も同じものが出たはずなのに、まったく記憶に残っていなかった。

（余裕がなかった）

視線をあげると、ちょうど正面に白いワンピースの女が見える。女はずっと静かに本を読んでいる。幽霊がトイレに行くのも奇妙だが、本を読んでいるのも不思議な感じがする。一体なんの本を読んでいるのかが気になった。時々、ページをめくっているから、ちゃんと読んでいるのかもしれない。じゃ、内容は理解しているのだろうか？　幽霊にもおもしろい、おもしろくないはあるのだろうか？　ひかりは目の前に座る白いワンピースの女に興味が湧いてきた。

「なんの本を読んでらっしゃるんですか？」

つい、ひかりは白いワンピースの女に問いかけていた。期待はしていなかったが、当然、白いワンピースの女は返事もしない。

「要《かなめ》さんは小説が好きなんスよ」

代わりに答えたのは流だった。幽霊に名前を付けて呼んでいるのも気になったが、それよりも小説好きだということのほうがひかりの興味をそそった。

「小説？」

「はい」

「なぜ、小説好きだってわかるんですか？」

「生前……、あっ」

「え？」

流は言いかけた言葉を喉を鳴らしてゴクリと飲み込んだ。そしてばつが悪そうに口をモゴモゴさせている。向けられた視線から、隣に立つ数の反応を気にしているかのようにも見える。ひかりの耳には間違いなく「生前」という言葉が聞こえた。そうすると彼女のことを「要さん」と呼ぶのもわかる。彼女はこの喫茶店に関係のある人物だということだ。流の反応を見るかぎり、かなりデリケートな部分であることは間違いない。だが、人間は秘密にされればされるほど、気になるものである。

ひかりが、

「その要さんて人は、何者なんですか？」

と、聞こうとした時だった。

パタン

本を閉じる音がして、白いワンピースの女がゆるりと音もなく立ち上がった。ひかりは反射的に肩をすぼめて身構える。

(た、立った！　っていうか、幽霊なのに足がある！)

白いワンピースの女は身構えるひかりのすぐ側を足音も立てずに通り過ぎて、玄関口右のトイレに消えた。

「お席が空きました」

「え？」

ひかりがトイレに入るワンピースの女に気を取られていると、いつの間にか数が目の前に立っていた。

「お座りになりますか？」

「も、もちろん！」

ひかりは声を大にして答えた。

「なら、この席にお座りになる前に、もう一つ大事なルールを説明しておかなければなりません」

「もう一つの大事なルール、ですか？」

「はい」

ひかりは白いワンピースの女が何者なのかが気にはなっていた。だが、今は過去に戻って羊二に会うことのほうが大事である。ひかりは少し間を置いて、

「どんなルールですか？」

と、尋ねた。

「この席に座っていただいた後、私があなたにコーヒーを淹れます」

「え？　コーヒーなら、すでにいただいてますけど」

ひかりは目の前に出されているコーヒーを指差した。

「それとは別のコーヒーです」

「……そうですか」

ひかりはこの喫茶店に来てから、すでに一杯のコーヒーを飲みほしている。二杯目は口

をつけたばかりだが、出されたからには勿体《もったい》ないので飲みほすつもりでいる。

（三杯目……）

コーヒーは嫌いではない。でも、さすがに三杯目となると少しうんざりする。ひかりは無表情で小さなため息をついて、

「それで?」

と、ルールの説明を催促した。

「あなたが過去に戻れるのは、私があなたにコーヒーを注いでから、そのコーヒーが冷めきるまでの間だけ。そして、そのコーヒーは必ず、冷めきるまでに飲みほしてください」

「冷めきるまで?」

ひかりは、ふと、目の前のカップに手を当ててみた。淹れ直してもらってから五、六分は経っているのに、まだ温かい。冷めきるにはこの後も数分は必要だろう。つまり、過去に戻っていられる時間はおおよそ十五分から二十分だと思われる。それだけあれば羊二のプロポーズを受けて帰ってくることができる。ひかりはそう考えて、

「わかりました」

と、答えた。大事なルールという割には大したことない。現実が変わらないことのほうがよっぽど大ごとだと思った。

「とにかく、コーヒーは冷めきるまでに飲みほせばいいのね？」

ひかりはこのルールをあっさりと受け入れた。冷めきるまでに飲みほすなんて簡単なことだ。ひかりは二杯目のコーヒーに手をかけて、二口ほどで確認のために飲んでみた。まだ、ぬるくはないが一気に飲みほせない熱さでもない。わざわざ冷めきるまでに飲みほしてくださいと言われたが、飲みほせないことなんてあるのだろうか？

「ちなみに、飲みほせなかった時はどうなるんですか？」

ふと、気になったので聞いてみた。数はその質問に対して、すぐには答えず、

「飲みほせなかった時は……」

と、歯切れの悪い間を取った。

「飲みほせなかった時は？」

（なんなの？）

ひかりは眉を寄せて答えを待った。

「今度はあなたが幽霊となってその席に座りつづけることになります」

「え？」

ひかりは白いワンピースの女が消えたトイレに視線を向け、その視線をゆっくりと数に戻した。数は表情も変えずに白いワンピースの女が、いや、幽霊になった女が座っていた席を見つめている。

（これって命がけじゃない？）

まさか、過去に戻るためのルールにこんな大きなリスクがあるとは思っていなかった。

突然、ひかりの脳内に重大な疑問が湧いてきた。

（コーヒーが冷めきるまでって、それって、あまりにも曖昧すぎない？）

ひかりは再び目の前のカップに手を当てて、コーヒーの冷め具合を確かめてみる。

（あれ？）

さっき触った時より確実にコーヒーの温度は冷めている。ほんの数分前はまだまだ温かいと思っていたのに、今は間違いなく冷めている。

（嘘でしょ？　いつの間に？）

急に、冷めきっている状態が、どの程度のことかわからなくなる。カップを触って冷たいと感じたら終わり？　冷めきったコーヒーと言ったって、夏場だとしばらくぬるいままなのではないだろうか？

迷っていると、数が、

「いかがいたしますか？」

と、聞いてきた。抑揚のない短い問いかけであったが、その意図は、

「幽霊になるかもしれませんが、あなたはそれでも過去に戻りますか？」

と、念を押されているのがわかる。

同時に、

「やめるなら今ですよ」

という最終確認でもある。

そう言われて、ひかりはもう一度自分の気持ちを整理した。

過去に戻ると決めた理由は二つ。一つは、羊二の（好きな女ができた）という言葉が本当かどうかを確かめるため。もう一つが、好きな女性ができたことが本当だとしても、そ

れはあの日プロポーズをしてくれた羊二にとっては未来の話であり、関係ない。なので、プロポーズを受けるため。羊二のためでもあり、

（自分の気持ちをちゃんと伝えておきたい）

ひかり自身のためでもある。

だが、幽霊になるというのはリスクが高すぎる。冷めきるまでに飲みほせばすむ話なのだが、その冷めきるまでにという曖昧なルールが怖い。うっかり話に夢中になって（冷める）から（冷めた）への温度変化の一瞬を逃してしまう可能性はある。その温度の境目は一度かもしれないし、〇・一度かもしれない。考えれば考えるほど答えが出ない。

（でも、ここで会いに行かなければ、もっと後悔するかもしれない）

ひかりは目の前の二杯目のコーヒーを、一気に飲みほした。冷めきっている。ひかりは空になったカップの中を凝視した。感覚的にはまだ温かいはずだった。でも、飲みほしてみるとこれは完全に冷めきったコーヒーだ。温度はわからない。それでも、ひかりの心はこのコーヒーを冷めきったと認識した。やはり、冷めきるまでの時間は想像以上に曖昧で短い。だが、自分の時間感覚とは大きなズレがあることも確認できた。時間とは絶対的な

ものではなく、相対的なものなのかもしれない。

だから、

(常にカップを手に持って、ぬるいと感じたあたりで一気に飲みほせばいい)

という結論を出した。ひかりはカップをソーサーに置き、

「もう一度」

と、ゆっくりと立ち上がった。

「彼に会いたい。会って、ちゃんと自分の気持ちを伝えたいと思います」

ひかりは言葉に出してみて確信した。

(もう二度と後悔したくない)

過去に戻るための理由をいろいろ自分に言い聞かせて大義名分を作ろうとしてきたが、
本当は理由なんていらなかった。

(リスク以上に、羊二に会いたい)

それだけでよかったのだ。

「わかりました」

数はそう言うと、くるりと身を翻しキッチンへと消えた。

「座っても大丈夫ですか？」

ひかりがカウンターの中で黙って様子を見ていた流に確かめると、流は、

「どうぞ」

と、手のひらで促しながら答えた。

ひかりは唇を嚙み締めて、過去に戻れる席の前に立った。心拍数が上がるのがわかる。まさか、座ったらいきなり過去に戻るということはないと思っていても、何が起きるかわからない。ひかりは慎重にテーブルと椅子の間に体を滑り込ませて、ゆっくりと腰を下ろした。

「……」

特に何も起こらない。座り心地も他の椅子と何も変わらない気がする。違うところといえば、椅子全体がひんやりしていることだ。いや、でも、椅子だけではない。緊張が解けて冷静になってみると、この場所だけが冷気のようなものに包まれているような、そんな感じがする。

（幽霊が座っていた場所）

そう思った途端、背筋に何か冷たいものが走る。

（もしかしたら、自分がここに座りつづけることになるかもしれない）

ひかりは一瞬頭によぎったマイナスイメージを払拭するように目を閉じて頭を振った。

キッチンから数が戻ってきた。手には純白のカップと銀のケトルを載せたトレイ。過去に戻れる席に座るひかりの側に立つと、ワンピースの女が使っていたカップを先に下げ、代わりにカップをひかりの正面に置く。

「よろしいですか？　これから私があなたにコーヒーを淹れます」

「はい」

「過去に戻れるのは、私がカップにコーヒーを注いでから、そのコーヒーが冷めきってしまうまでの間だけ」

「はい」

さっき聞いた時は、同じ内容の説明に対して、冷めきるまでの時間は十五分から二十分だと思っていた。だが、飲みほせなかった場合のリスクを知った後だと受け止め方が変わる。長くて十分、いや、一分でも早く飲みほさなければというプレッシャーを感じる。そんなひかりの目の前に数がマドラーのようなものを差し出した。長さにして十センチ。ひかりは目で、

（これはなんですか？）

と数に問いかけた。

「これを、こうして入れておけば冷めきる前に警告音が鳴りますので、鳴ったらコーヒーを飲みほしてください」

数はそう言ってマドラーのようなものをカップに入れた。

「これって、コーヒーが冷めきるまでの時間を教えてくれるってこと？」

「はい」

ひかりは、

（そんな便利なものがあるならもっと早く言ってよ！　さっき悩んだ時間を返して！）

と、喉まで出かかった言葉をぐっと呑み込み、

「なるほど」

とだけ答えた。言ったところでこのウエイトレスは顔色ひとつ変えないと思ったからだ。きっと悪意はない。だが、正直、ずいぶん気持ちは楽になった。鳴れば飲みほせばいいのなら、最大の問題だった冷めきるまでの時間に神経を遣わなくてすむ。

「よろしいですか？」

数の問いかけに、ひかりは大きな深呼吸をした後に、

「いいわ。お願い」

と、答えた。数はひかりの返事を聞くと、小さく頷《うなず》いてから銀のケトルに手をかけた。

瞬間、店内の空気がピンと張り詰める。ふと、ひかりは自分の拳が震えていることに気づいた。

（こわい）

覚悟は決めたはずなのに。でも、それは幽霊になることではない。死んだ人間に会うことが怖いのだ。死んだ人間を目の当たりにして、どんな気持ちになるのか想像がつかない。

ひかりはぎゅっと目をつむり、唇を噛み締めた。そんなひかりを見つめながら、数はゆっくりとケトルを持ち上げて、

「コーヒーが冷めないうちに」

と、ささやいた。

ケトルからカップにゆっくりとコーヒーが注がれる。ひかりは薄目を開けて、その光景を見つめていた。徐々にコーヒーが満たされていくカップから不意に一筋の湯気が上がる。その湯気は消えることなく天井へと向かって昇っていく。ひかりはその湯気を目で追っているつもりでいた。だが、どうもおかしい。

（え？）

気づくと周りの景色がゆらゆらとゆがみはじめている。なんだか自分の体も自分のものではないような、そんな感覚に襲われ、ハッとする。天井が異常に近い。その時になって、ひかりは湯気を目で追っていたのではなく、自分がその湯気になって浮いていることに気づいた。

（嘘でしょ！）

しかも、天井が迫っているのではない。周りの景色が上から下へと流れている。まるで走馬灯のように、喫茶店での出来事が上から現れて、下へと消えていく。

（本当に時間を遡ってる！）

ひかりは再び目を閉じた。正直、この状況に戸惑っている。怖さもある。だが、もう一度、羊二に会える。それを考えるだけで呼吸が浅くなる。そわそわして、落ち着かない。

（緊張している）

そして、この緊張に覚えがある。

これは確か、まだ、羊二と付き合う前の緊張だ。

小学生の頃、髪を短く切って同級生の男の子にからかわれた苦い思い出がある。それ以来ショートカットにしたことはなかった。トラウマというほどのことではないが、なんとなくショートカットは避けていた。

なのに、

（切っちゃった）

鏡の前でペロリと舌を出す。キッカケは朝のテレビ番組での占い。恋愛運ラッキーワードは「髪を切る」こと。イメチェンで恋愛運アップの解説に下心がムクムクと湧いてきた。実は、その時、謎解きで仲良くなった男子メンバーの一人が気になっていた。彼の名前は二宮亮《にのみやりょう》。スラリと背の高いスポーツマンタイプ。中学、高校はバレーボールをやっていたと聞いている。私は少しでも二宮君の気を引きたくて思い切ってショートにしてしまった。

でも、久々にメンバー六人で集まった時、彼に、

「あれ？　髪切っちゃったの？」

と、言われてしまった。

（あ……）

トラウマがよみがえる。からかわれたわけではない。おそらく、彼にショートを否定するつもりはない。わかっている。あわよくば「かわいいね」「似合ってるね」なんて言葉を期待していただけに、彼の一言は、切ったことを後悔するには十分だった。

（やっぱり切らなければよかった）

そんな気持ちを悟られないように一生懸命笑ってみる。だけど、その日は全然楽しめな

かった。笑えば笑うほどつらくなる。ずっと短くなった髪をいじっている自分がいる。今更、何をしたって髪が伸びるわけでもないのに。占いにほだされた下心丸出しの自分が恥ずかしい。ただ、ただ、ただ、悲しくて。ただ、ただ、ただ、笑っていた。

「短いのも似合ってるよ」

これは羊二の言葉だ。忘れもしない。その日の帰り道だった。

羊二の言葉はささくれた私の心を優しく撫でるような言葉だった。私を気遣う優しさに溢《あふ》れている。私は一生懸命笑うことで実はＳＯＳを出していたのだ。そして、最後まで誰にもフォローされないことで、

（もう、このグループで会うのはやめよう）

とさえ思っていた。そういえば、私はこれまでもこうやってどんどん自分の居場所を無くしてきた。だから、この日、羊二の一言に救われたのだ。

その日から一年が過ぎ、私の髪も元の長さにまで戻っていた。いつの間にか、グループ内に二組のカップルが誕生し、私と羊二だけが取り残されたような形になっていた。ある日、謎解きゲームが終わって他の二組のカップルはそれぞれの帰路につき、羊二と二人き

りになった。いつもなら羊二が先に改札に消えて、私は一人で少し離れた駅まで歩く。だが、その日は「暇だから」と言って、羊二は私が乗る電車の駅に向かって歩き出した。珍しく雪の降ったクリスマス。サクサクと羊二が雪を踏みながら歩く。私も隣で雪を踏む。離れないように。近づきすぎないように。フワフワして、気を抜くともたれかかりそうになる。もたれかかりたいと思っている。見えるのは雪を踏む自分の足元だけ。

「長いのも似合ってる」

突然、なんの前振りもなく羊二がつぶやいた。

「え？」

見ると、羊二は白い息を吐きながら肩をすくめ、前だけを見ている。

「髪」

「あ、ああ」

私は伸びた髪をつまんでみせた。

「それってどっちでもいいってことじゃないの？」

わざと意地悪な言い方をした。意地悪というか、ある意味、期待を込めて。

「どっちもいいってことだよ」

「どっちでも?」

「どっちも」

「そっか」

「うん」

「ありがと」

私が期待した通りの答え。

私たちは静かに笑い合って雪を踏んだ。私は嬉《うれ》しかった。一年前の、あの日のことを覚えてくれてたこと。私が傷ついて、そして、救われた日。羊二はきっと待っていた。私の髪が伸びるのを。そういう手の込んだことが好きなのだ。

後日、本当はちゃんと「付き合ってほしい」と告白するつもりだったことを知らされたが、そんなの言われなくてもわかっていた。

(だから、後悔している)

この喫茶店で、せっかくプロポーズしてくれたのに。ちゃんと言葉にしてくれたのに。

私は、二人で一緒にいることを当たり前だと思っていた。甘えていたのだ。この関係が永遠に続くと思っていた。でも、そうじゃなかった。やり直せるなら、やり直したい。そして、ちゃんと、私も羊二のことをどれだけ大切に思っていたかを伝えたい。

たとえ、現実は変わらないとしても……。

どのくらい上から下へと流れる時間を眺めていたのか。長かったような気もするし、一瞬だったような気もする。もし、人が死ぬ時に見るという走馬灯が本当にあるのだとしたら、きっと、こんなイメージなのかもしれないなと、ひかりは思った。

（あ……）

気づくと正面に羊二が座っている。正面は正面でも、向かいに位置する別のテーブルである。向かい合ってはいるが、不自然に距離が開いている。つまり、一年前、ひかりの背後に座っていた白いワンピースの女の位置にひかりは座っている。なんとも奇妙な状況である。もっとも奇妙なことは、亡くなったはずの羊二が目の前にいることだ。

「羊ちゃん！」

ひかりはルールのことも忘れて、無意識に立ち上がろうとした。立ってしまえば、その瞬間に現実に引き戻されてしまうことになる。だが、羊二に再会して頭の中は真っ白になっていた。

その時、

「あー！　立っちゃダメ！」

と、羊二が手のひらをかざしながら叫んだ。

「え？」

ひかりは一瞬、なぜ羊二がそんなにあわてて大きな声で叫んだのか理解できなかった。

でも、すぐにルールのことを思い出して、

「あ！」

と、声をあげて、浮かしかけていた腰を椅子に戻した。せっかく過去に戻ってきたのに、羊二に注意されなかったら何もしないまま強制的に未来に帰されるところだった。

「危なかったぁ」

羊二が大げさに額の汗を拭いている。

「え？」

ひかりは改めて、今起きた出来事に頭をひねった。

（羊二に立つなと注意されたけど、それって私が未来から来たのを知ってるってことだよね？）

ひかりの頭の中はパニックになった。仮に羊二がこの喫茶店のルールについて詳しく知っていたとしても、普通に考えれば、この席に座るひかりが未来から来たことを知る術《すべ》はない。

（あるわけない）

だが、羊二は間違いなくひかりが立ち上がるのを制止した。ひかりが未来から来たことを知らなければできない行動である。しかも、迷うことなく。

「もしかして……」

ひかりは咄嗟にカウンターの中にいる数に（あなたが彼に教えたの？）と目で問いかけた。だが、数はひかりの視線にまるで気づいていないかのように何も応えず、キッチンに姿を消してしまった。

「ちょ、ちょっと！」

ひかりの声が裏返る。だが、数の態度は予想できた。仮にひかりが言葉に出して質問していても、答えはきっと、

「それは不可能です」

で、あったに違いない。なぜなら、ひかりが未来から来ることは予知能力でもない限り数にも予測できるものではないからだ。そんなこと、少し考えればひかりにも理解できる。

（どうやって羊二は私が未来から来たことを知ったの？）

見ると、羊二は席から立ち上がり、ひかりの座るテーブルに向かってくる。羊二に会ったら伝えたかったことも、この不可解な出来事のせいで吹っ飛んでしまった。羊二はひかりの前まで来ると、躊躇《ちゅうちょ》なく向かいの席に腰を下ろした。視線が合う。上目遣いで様子を窺《うかが》う緊張気味のひかりに対し、羊二はなぜか満面の笑みを見せている。

(もしかして、今からプロポーズするつもり?)

頭の中のひかりがブンブンと首を振る。

(いや、でも、私の記憶が正しければ、プロポーズ直前の羊二に笑顔を見せるような余裕はなかった)

ひかりには目の前に座る羊二の笑顔の意味がわからなかった。

「あ、あのさ」

混乱したまま、ひかりは羊二に話しかけた。今がプロポーズ前なのか、後なのか、まずは知る必要がある。プロポーズ前なら、差し出された指輪を素直に受け取ればいいだけだが、プロポーズ後だとそういうわけにはいかない。一度、プロポーズを断ってしまった理由をちゃんと説明しないといけないし、うまく納得させなければならない。たとえ現実は変わらないといっても、せっかく過去にまで来て羊二に会えたというのに、変な空気にはなりたくない。

(でも、時間はない)

「なんで私が未来から来たってわかったの?」

（コーヒーはあっという間に冷めてしまう。無駄話はできない）

ごくりと喉が鳴る。呼吸は浅く、鼓動は速い。

（何を言っても現実は変わらない。影響はない）

わかっていても不安になる。それは私の都合であって、羊二にとっては迷惑な話かもしれないからだ。だが、私の唐突な質問を聞いても、羊二は平然としている。いや、平然なんてもんじゃない。羊二は、嬉しそうに、

「待ってたんだ」

と、答えた。

「え？」

「待ってたんだよ、君が未来から来るのを」

羊二の言葉の意味が理解できない。

「待ってた？　私を？」

「うん」

「え？　どういうこと？」

「僕、待ってるって言ったよね？」

ひかりは羊二がいつの話をしてるのかがわからずに首を傾《かし》げた。

「ほら、ここで、僕にとってはさ、っ、きだけど」

（さ、っ、き？）

「僕がプロポーズした後、君、もう少し仕事頑張りたいから待ってほしいって言ったじゃん。忘れちゃった？」

（仕事？）

ひかりの視線が宙を彷徨《さまよ》う。天井では木製のシーリングファンが回り、床から天井まで伸びる大きな柱時計が三つ、カチコチ、コチカチとバラバラの時を刻んでいる。

「あ」

確かに。羊二はその時、待ってると言った。

（でも、それは）

「え？　待って！　待ってるってそういうことだったの？」

（私が仕事に納得するまで待つって意味じゃなくて）

「ここで、この喫茶店で、私が未来から来るのを待つっていう意味だったの？」

「そうだよ」

羊二の即答に言葉を失い、口をパクパクさせるしかないひかり。

「嘘だと思ってるかもしれないけど、本当だよ。君をここに連れてきたのも、プロポーズがうまくいかなかったら、ここで君が未来から来るのを待つためだった」

「信じられない」

「じゃ、聞くけど、君のいる未来では、僕はもう死んでるよね？」

羊二は表情も変えずに恐ろしいことをさらりと言った。まるで参加できなかった飲み会が楽しかったかどうかを確認するような言い草だ。

「は？　何言ってんの？」

思わず声が裏返る。目頭が熱くなり、怒りが湧いてくる。「死んでるよね？」と聞かれて「うん」と答えるほど強い心を持ち合わせていない。言えないことがわかっているのにその質問をすることに腹が立った。震えてガチガチと歯が音を立てる。

「ごめん、ごめん」

羊二は申し訳なさそうにはにかんだ。なぜ、そうやって笑っていられるのかひかりには理解できない。

(羊二は自分が死ぬことを知ってて私をここに連れてきたのだ)

「それで？　僕はなんて言ったの？」

「なんのこと？」

「君と別れる時」

「そんなことまで考えてたの？」

「うん、あからさまに体調が悪くなったら別れようと思ってるからね」

ひかりにとっては過去の出来事だが、羊二にとっては未来の話。語尾が進行形なのが悲しい。まさかとは思った。でも、それが本当だとしたら、

(私は自分のことしか考えていなかった)

目を閉じて、過去の自分の至らなさに打ちのめされる。

「それで？」

羊二は興味深そうにひかりの顔を覗き込んだ。

「好きな子ができたって」

「あ〜、やっぱりそれか！」

羊二は椅子の前脚が浮き上がるほどのけぞって、店内に響き渡るほど大きな声を張り上げた。ひかりは冷めた表情でそんな羊二のリアクションを眺めている。

「いろいろ考えたんだよ」

「何を？」

「別れる理由だよ。例えば、これ無くしたって言って派手に喧嘩《けんか》するとか」

羊二は左手のジャケットの袖を捲《めく》り、革のベルトの腕時計を見た。羊二の誕生日に買ってあげたプレゼントである。どんな時計が似合うかわからなくて、迷いに迷って、仕事終わりに一週間、いろんなお店を探し回ったことを覚えている。でも、たぶん、ひかりは時計を無くしたと言われても「どこで無くしたの？」と聞くことはあっても、喧嘩にはならないだろうと思った。

「あとは、多額の借金があるって告白してみるとか、高額商品を買わせようとするとか？」

羊二は自分で言っていておかしくなったのか、ククと一人で笑っている。

「いきなり連絡もせずに自然消滅ってのも考えてたんだ」

そう言うと、羊二は寂しそうな笑顔でひかりを見た。きっと、この別れ方が今現在の別れ方の最有力候補に違いない。ひかりはそう思った。

「でも、そっか、好きな子ができたって言ったのか。うん。なるほど」

羊二はうんうんと頷いて、勝手に納得している。おそらくは、自然消滅を選ばなかったことに安堵《あんど》しているのかもしれない。続けて、羊二は、

「待ってるって言ったのに、好きな子ができたって言われてどうだった？」

と、興味深そうに聞いた。

「呆れて反論もできなかったわよ」

ひかりは正直に答えた。

「だろうね」

羊二は、また、ククククと笑う。きっと、羊二の頭の中ではひかりが羊二の死を知ってここにやってくることも想像できていたに違いない。ひかりは不満そうに眉をひそめる。

「なんで言ってくれなかったの？」

「病気のこと？」

「言ってくれればよかったのに」

「言ったら断れないでしょ？」

（一瞬、息が止まるかと思った。確かに、あの時、病気のことを知らされていたらプロポーズを断れなかった。結婚はまだ早いと思っていたし、羊二と生涯一緒に生きていくという自信がなかった。仕事を言い訳に逃げたに過ぎない。でも、病気のことを知らされていたら、たぶん、断らなかった。同情。そうかもしれない。私は自分の選択を自分の判断でできなくなる。そして、知らされた上で断っていたとしたら、きっと、羊二が亡くなった後、私の心にずっと重い後悔が残る。なんで、あの時、私は結婚してあげなかったんだろう？　と）

それはある意味での呪《のろ》いとなる。ひかりの性格をよく知る羊二だからこそ、その呪いを解く術をひかりが見つけられるとは思えなかった。

「だから、待つって決めたんだ」

（羊二は、私が、私の判断で会いに来るのを待ったのだ。好きな子ができたと言って別れただけの男なら私は会いには来なかった。私の中の腑《ふ》に落ちない何かが、私をここに連れてきた。それは自分の気持ちをちゃんと伝えられなかったという後悔でもあり、本当のことを聞いておきたかったという願いでもある）

「他に方法はなかったの？」

「どうだろう？　この喫茶店のことを知らなかったら、もしかしたら、病気のこと黙っていられなかったかもしれない。君の気持ちを無視してでも結婚してもらってたかも。でも、そしたら、僕はきっと死ぬ前に後悔すると思う。死が近づけば近づくほど、君の気持ちを信じられなくなるかもしれない。君が暗い顔をしてるのを見れば、勝手にいろんなことを想像しちゃうと思う。どうせ、僕が死ぬから同情で結婚したんだろって心にもないことを言うかもしれない。やだな。そんなのやだよ。僕は君を幸せにしたいと思ってる。幸せになってほしいと思ってる。でも、それでも、僕は、僕の心が濁ることを知ってるから。ちゃんと死と向き合えなくなるのが怖いから、だから、可能性にかけてみたんだ。君が君の意思で僕に逢いに来てくれることに」

「あ……」

「ああ、ごめん」

羊二はそう言って、両手で目元を隠した。テーブルの上がわずかにぬれている。

「こんなこと、言うつもりなかったのに。ダメだな」

羊二が顔をあげて大きく洟《はな》をすする姿を見てひかりは思った。

（この喫茶店のルールは残酷だ）

どんな努力をしても現実は変わらない。わかっている。だから、羊二は泣いている。ひかりが来たことで死ぬことは避けられないことを知ってしまったから。

（それでも、過去に戻ってこられてよかったと思っている自分がいる。もし、過去に戻ってこなかったら、私は一生、羊二の本当の考え、いや、苦しみかもしれない何かを、知らずに生きていくことになっていた。待ってると言ったのに、半年後には好きな女ができて私を振った男。そう自分に言い聞かせて、忘れる努力をしてしまうところだった）

現実は変わらない、変えられないのに。羊二の死は変えることができないのに。ここに戻ってこられてよかったと思ってしまう。

「別れた後、私に別の好きな人ができてたらどうするつもりだったの？」

本当はこんなことを言いたいわけじゃない。もっと、ちゃんと伝えなきゃいけないことがある。こんなことを聞いたって、羊二がどう答えるかなんて、ひかりにはわかりきっていた。

「その時は、当然、君はその人と幸せになればいい。待ってるって言ったのに、他に好きな女ができた男のことなんて気にしなくていいでしょ？」

（ほらね、思った通りの答え）

答えた羊二は泣きながら笑ってるのか、笑いながら泣いてるのかわからない。

「勝手すぎる」

（私は素直じゃない。こんなにも私のことを想ってくれる彼に、まだ、憎まれ口を叩《たた》いている）

「ごめん」

（謝らせたいわけじゃない。むしろ、謝らなければならないのは私だ）

（でも）

「私は、それでも言ってほしかった。もしかしたら同情で結婚しちゃったかもしれない。

それでも、羊ちゃんと一緒に苦しみたかった。羊ちゃんが死ぬかもしれないって、そうやって寝られない日々を過ごすかもしれないし、羊ちゃんの嫌な部分もたくさん見ることになるかもしれないけど、それでも、やっぱり、一緒にいたかった。羊ちゃんの気持ちを、本当の気持ちを受け止めてあげたかった」

「ごめん」

「私、どうしたらいいの？　どうしたらいいのよ！」

ひかりは両手で顔を覆って、わんわんと泣き出した。羊二はひかりを見つめたまま、そっと手を伸ばしカップの側面に手を当てた。一瞬、真顔になって、キュッと唇を噛み締める。そして、上着のポケットから小さなリングケースを取り出して、

「これ」

と、言ってカップの脇に置いた。覆っていた両手の指の隙間から、机の上のリングケースが視界に入る。ひかりの瞳から、ますます涙が溢れ出た。

「受け取ってほしいんだ」

「現実は変わらないんだよ？」

「知ってる」

「私がここで『はい』って言っても、結婚式できないのわかってる？」

「うん。それでもいいんだ」

「ずるい。こんなの断れるわけないじゃん」

「うん。ごめんね。どっちにしても君を苦しませてしまうみたいだ。本当にごめん。これは、きっと僕のわがままなんだと思う。わかってる。それでも」

「勝手すぎるよ」

「僕と」

「勝手すぎる！」

「結婚してほしい」

羊二の瞳は今までに見たことがないほど綺麗だった。「はい」と答えたいのに、答えられない。なぜなら「はい」と答えてもひかりは現実に帰らなければならない。そして、羊二は過去の何も知らないひかりと生きることになる。

（そんなの残酷すぎる）

「いやだ」

ひかりはそう言って天井を仰いだ。両の手で瞼《まぶた》を押さえても涙が溢れ出る。

「羊ちゃんが死んじゃうなんて、絶対にいやだ」

羊二の訃報を聞いた時から心の中に靄《もや》がかかっていた。葬儀ではみんなが泣いているのに自分だけ泣けずにいた。やっぱり、待ってると言ったのに好きな子ができたと言われたことにショックを受けていたからだ。その言葉を信じていたのに、勝手に別れて、勝手に死んだんだから、泣いてなんかやらないと意地を張っていた。でも、ひかりは自分の本当の気持ちには気づいていた。

(死んでほしくない)

「ちゃんと結婚したかった……」

ひかりは子供のようにわんわんと声をあげて泣いた。

「それが返事だね？　君らしいや」

羊二はやっぱりククと笑った。

(私は意地っ張りだ。素直じゃない。わかってる)

羊二はリングケースから指輪を取り出すと、ひかりの左手を取った。

「これから半年、僕は君に今日のことを話すことはできない。たぶん、この喫茶店のルールで話そうとしても君には聞いてもらえないし、たとえ話せても信じてもらえないと思う。それでも僕は、君の気持ちを知れて幸せだった、幸せな気持ちになれた。君に会えたこと、君と結婚したいと思ったこと、そして、君にプロポーズしたことも後悔してない。だから、僕は笑って生きていくね」

羊二はそう言って、ひかりの左手の薬指にゆっくりと指輪をはめる。

ピピピピ、ピピピピ

「あ」

カップに差し込まれていた冷めきる前に鳴るというマドラーの音が響いた。

「時間だね」

「羊ちゃん」

「さ、飲んで」

ひかりは薬指にはめられたリングを胸に抱きしめたまま、カップになかなか手を伸ばさない。

「早く」

「いやだ」

（私は意地っ張りでめんどくさい女だ。ここでも彼を困らせている。飲まなければ、彼が苦しむこともわかっているのに飲みたくない）

「困ったな」

羊二はあからさまに大きなため息をついた。でも、なぜか顔は笑っている。こうなることも想定済みだったのかもしれない。

「君が未来に帰ってくれないと、僕はこれからこの世界で、二人のひかりを相手することになっちゃうだろ？　そんなことになったら、こっちのひかりは指輪を持ってる君に嫉妬するだろうし、君は君で自慢するだろ？　やめてくれよ、こんな高い指輪をもう一つ買うなんて今の僕にはできっこない。こっちの世界の君には指輪を渡したことは内緒にしておくから、お願いだから未来に帰っておくれよ。この通り」

そう言って、羊二はひかりに向かって手を合わせてみせた。未来からひかりがやってくることさえ予想していた羊二が、コーヒーが冷めきってしまえばどうなるかを知らないわけがない。帰れと強く言われれば、ひかりは意地でも帰らなかっただろう。でも、自分は死ぬということを知った上で、それでも、ひかりのために冗談を言う羊二を前にして帰らないわけにはいかない。ひかりは、それこそ後悔すると思った。

ピピピピ、ピピピピ
ピピピピ、ピピピピ

二回目の警告。さっきよりしつこく音が響く。いよいよ時が迫っている。

「あーあ」

大きな声をあげて気持ちを断ち切ろうと試みる。だが、なかなか、踏ん切りがつかない。

「ああーあ！」

天井を仰ぎながら、一度目より、さらに大きな声を出す。

「そこまで言われたら仕方ない」

そう叫んで、ひかりは手の甲で涙を拭うと、カップを手に取った。過去に戻る前に出されたコーヒーよりも明らかに冷たいような気がする。これはさすがに冷めきる寸前かもしれないと思った。時間がない。

「こっちの私には、別れるギリギリまで優しくしてあげてね」

「わかった」

（あっ）

自分の言葉に思い当たる節があった。

（羊二との別れは突然だった。その原因は放った今の一言のせいだったのかもしれない。なるほど。羊二の理不尽な裏切りにはちゃんと理由があった。その原因を作ったのは自分かもしれない。あの時、羊二の行動の意味を勝手に想像して、勝手に苛立っていた）

ひかりは、クスクスと笑った後、

「じゃあね」

そう告げて、一気にコーヒーを飲みほした。強い酸味が喉の奥に残る。カップをソーサーに戻すとぐらりと頭の先から足の先までが揺れはじめた。不意に体が浮いたかと思うと、周りの景色が上から下へと流れはじめた。

「あっ」

気づくと二メートルほど上空に浮いていて、羊二を天井付近から見下ろしている。感覚はあるのに手だと思って動かしているのは湯気そのものだった。

「羊ちゃん！」

「ひかり」

羊二の声は、こんな時でもとても優しかった。

「羊ちゃん、ありがとう！　私と出会ってくれてありがとう！　私を好きになってくれてありがとう！　私のこと待っててくれてありがとう！　結局、私は何もしてあげられなかったけど、会いに来れてよかった！」

「うん」

「プロポーズしてくれてありがとう！　いっぱい、いっぱいありがとう！」

「僕もコーヒーが冷めきるまでのほんの短い間だったけど……」

「え？」

羊二の声が電波の悪いラジオのように途切れ途切れに聞こえる。

「君と、夫婦になれて、幸せだった」

その言葉を最後に羊二の声も、そして姿も時間の流れの中に消えてしまった。

「羊ちゃーん！」

もうすでに、ひかりの声は届かない。

届かなくなっても、ひかりは羊二の名前を呼びつづけた。


気がつくと、目の前に白いワンピースの女が立っていた。見ると、湯気だった手はちゃんと手の形をなしている。

「ここ、私の席」

妙に低い声でワンピースの女がひかりに告げる。

「あ、すみません」

ひかりはあわてて席をゆずる。立ち上がろうと手をついた時にカチンと硬い音がした。見ると左手の薬指には羊二からもらった指輪が残っている。

「あ」

夢ではなかった。疑っていたわけではない。それでも、もし、薬指の指輪がなかったら間違いなく夢を見ていたんだと思うだろう。正直、今でも信じられない。

(でも、指輪はある)

羊二のプロポーズを承諾した証《あかし》。好きな子ができたというのは嘘で、別れ際まで優しかったのはひかりとの約束だった。薬指の指輪が羊二とひかりを時を超えて見えない糸で繋いでいる。

「いかがでしたか?」

ひかりが飲みほしたカップを片付けていた数がひかりに尋ねた。尋ねておきながら、数はそのままキッチンに消えた。カチコチ、コチカチと三つの柱時計の秒針の音だけが響く。

ワンピースの女は過去に戻れる席で再び本を読みはじめた。カウンターの中では腕組みをした流が仁王立ちをしている。

(帰ってきた)

ひかりは目を閉じて、ついさっきまで一緒だった羊二の面影を追った。

(羊二は最後まで笑っていた)

ひかりは、再び泣きそうになったが、唇をきゅっと噛んで我慢した。

(私も笑って生きていこう)

ひかりは椅子の背にかけてあったコートに手を伸ばし、レジ前に立った。

「ありがとうございました」

数のあいさつに、

「こちらこそ、ありがとう」

と、頭を下げた。

(来てよかった)

ひかりは改めて店内を見まわした。初めてこの喫茶店に来た時は、薄暗い不気味な喫茶店だと思って二度と来ないと思っていたのに、今はなんだか輝いて見える。

「あ、そうだ」

ひかりは、不意に、

「羊二は、あの日、なんて言って私をここに連れてきたと思います？」

と、流と数に向かって問いかけた。流は糸のように細い目を片方だけ見開いて、相変わらず「うーん」と唸っている。数は黙ってほんの少し首を傾げてみせた。ひかりは、自分でもおかしな質問だと思ってククと笑った。唐突だし、きっと、この二人にとってどうでもいい話であるからだ。だけど、ひかりは伝えておきたいと思った。

「羊二は、私にこう言ったんです」

君を幸せにする喫茶店があるんだけど行ってみないか？

「……って」

（あの日、この言葉から嫌な予感しかしなかった。でも、今は違う。羊二はきっと、今の

私をすでに思い描いていたに違いない。そして、私は彼の言った通りになった）

「そうですか」

数はそう応えると、かすかに笑みを浮かべながら再びキッチンへと消えた。

「素敵な彼ですね」

「いえ」

流に向かって、ひかりはキッパリと否定する。そして、虚をつかれて細い目をシバシバさせる流に向かって左手を差し出した。その薬指には銀色の指輪が光っている。

「夫です」

高らかに宣言するひかりに対して、流は糸のように細い目を湾曲させて、

「失礼しました」

と、頭を下げた。

カランコロン

店を出たひかりは、サクサクと雪を踏み鳴らしながら駅に向かって歩き出した。
クリスマス。
羊二と二人で歩いたあの日の夜のことを思い出しながら。
サクサクと、サクサクと。

完

第四話

父を追い返してしまった娘の話

雉本路子《きじもとみちこ》はうんざりしていた。

面倒な親の干渉から逃れるため、宮城県は名取市閖上《なとりしゆりあげ》からわざわざ東京の大学に進学したというのに、目の前にはしかめ面をした父が座っている。名は雉本賢吾《けんご》。

ここは、大学から駅二つ離れた場所にある喫茶店で、名を「フニクリフニクラ」といった。前に一度だけ使ったことのある喫茶店だったが、地下二階なので窓がなく、薄暗い店内は路子の気分を鬱々とさせる。

(二度と来ることはない、と思っていたのに……)

いや、二度と来ないと決めていたからこそ、賢吾との待ち合わせに使ったのだ。よく使う喫茶店だと友達と鉢合わせすることだってある。田舎から出てきた父親を友達に見られたくなかった。

「ちゃんと食べてるのか?」

しわがれた威圧的な声。この声で何度も小言を聞かされてきた。

それでも、母親が生きている間は気にならなかった。路子の母親は丸顔のゲラゲラとよく笑う、ほめ上手な女だった。誕生日にはケーキを作り、七五三では数え切れないくらいの写真を撮って部屋中に貼りまくる。テストで百点をとった日などは、路子の大好きなたこ焼きを食べきれないほど買ってくる。もう無理だと言って嫌がっているのに「あと一個、あと一個！」と、囃《はや》し立てて笑う。路子はそんな母親が好きだった。

（その母はもういない）

賢吾と二人きりの生活になってから誕生日にケーキが出てくることも、記念写真を撮ることも、テストでいい成績をとった時にたこ焼きが出てくることもなくなった。ただ、小言だけが増える。

「宿題をやれ」

「早く寝ろ」

「遅くまで遊んでるんじゃない」

「友達は選べ」

「その服はやめろ」

あれはだめだ。これは許さない。地元、閖上の地を離れて東京の大学に進学したのは、その呪縛から逃れるためだったのに……。

その嫌いな父が目の前に座っている。

「大学にはちゃんと行ってるのか？」

路子は大きなため息をついて顔を背けた。

「路子ッ」

「なに？　高い学費払ってやってんだからちゃんと行けって？」

「誰もそんなこと言ってないだろ？」

「言ってるのと同じでしょ？　突然上京してきて、大学の先生まで使って呼び出しって、やめてよ」

「それは、お前が……」

路子は賢吾をキッと睨《にら》みつける。

(それは、お前が一度も連絡してこないからだろ？)

言いたいことはわかっている。賢吾は口をモゴモゴさせて、

「すまん」

とつぶやき、目を伏せた。

「もういい?」

会ってわずか十五分。路子はこの煩わしい空間から早くも立ち去ろうと、ついさっき賢吾から渡された土産を手にして席を立った。

「路子」

足早に出口に向かう路子を賢吾が呼び止める。

「なに?　まだ何かあるの?」

(私はこのやり取りの時間すら無駄だと思ってるんだけど)

今度は路子が言葉を呑《の》み込むが、その感情は眉間に寄せたしわが物語っている。賢吾は自分に向けられた嫌悪の表情をできるだけ見ないように顔を伏せ、路子に言葉をかける。

「困ったことがあったら言うんだぞ?　なんでもいいんだ。一人で悩まずにどんなことでも……」

バンッ

突然、大きな音が店内に響いた。

目を丸く見開く賢吾の足元に、路子の手にあったはずの土産が散乱している。袋ごと投げ捨てたのだ。

「そういうのが嫌なの！　わからない？　私もうすぐ二十歳《はたち》なの、わかる？　子供じゃないの！　そうやっていちいち干渉するのいい加減やめてほしいって言ってるの！　なんのために東京の大学受けたと思ってるの？　こういうのが嫌だからでしょ？」

店内の客は路子と賢吾、そして奥の席にいる白いワンピースの女だけだったこともあり、路子は怒気を含んだ声を躊躇《ちゅうちょ》なく張り上げた。こんなことを言えば賢吾が傷つくこともわかっている。

（むしろ、傷つけばいい）

そう思った。

「なんでわかんないかな？」

これまでさんざん勝手なことを言って干渉してきた父親に、同情する気もない。ただ、自分の目の前から早く消えてほしい。

「すまん」

と、弱々しくつぶやく賢吾。

「帰って」

うなだれている賢吾を見ても、苛立《いらだ》ちしか湧《わ》いてこない。

「帰ってよ！」

賢吾はゆるりと腰を上げると、足元に散乱したお土産を拾いあげ、ついてもいないホコリを払いながら紙袋に戻した。萩《はぎ》の月、笹《ささ》かまぼこ、ずんだ餅、そして、たこ焼きの包みが一つ。どれも路子が好きだったものである。それらを紙袋に収め、路子の前に差し出すが、路子は受け取るそぶりすら見せなかった。

賢吾は、そっぽを向いて視線すら合わせない路子を悲しそうに見つめ、肩を落として店を出て行った。

カランコロン

「……と、いうのが六年前の出来事です」

話し終えて、路子は神妙な面持ちで顔をあげた。

「六年前か……」

そうつぶやいたのはこの喫茶店のマスター、時田流《ときたながれ》である。

「ひどい娘《むすめ》だね」

カウンター席に座る高竹奈々《こうたけなな》が忌憚《きたん》のない横槍《よこやり》を入れる。高竹は近所の総合病院で働く看護師で常連客の一人だ。

「高竹さん」

「なに？」

無言で（失礼ですよ）と諫《いさ》める流に対して、悪びれることもなく、ズズズと音を立ててコーヒーをすすりあげる高竹。

路子は、高竹の言葉を気にしてか、申し訳なさそうに、

「ここに来れば、過去に戻れると聞いたんですが……」

と、尋ねた。本題である。

「えっと……」

流は言葉に詰まり、高竹と顔を見合わせる。

二人の反応は路子を不安にさせた。

（もしかして、嘘《うそ》？）

路子自身も、正直に言えば本気で信じていたわけではない。

（でも、それでも戻れるなら？　戻れるのだとしたら……）

という思いでここに来た。

どうしても戻りたい、戻らなければならない理由があった。

「戻れるんですよね？」

思わず声が大きくなる。

困惑しながら、こめかみをかくだけの流。

「どうなんですか？」

さらに語気を強める路子。だが、流はそれ以上何も答えない。

路子は、険しい表情で流を覗《のぞ》き込む。

「戻ってどうすんの?」

高竹が割って入る。しかし、その問いは機械的だ。路子が何を答えるのかをわかっている感がある。

「父を助けたいんです」

「助ける?」

「はい、六年前、この喫茶店で父を追い返してから三日後のことでした。父は震災で……」

言葉につまる。

六年経《た》った今でも、消えることのない後悔。

「あの日、私が父を追い返したりしなければ……」

二〇一一年三月十一日、観測史上最大の地震。東日本大震災。

その被害の大きさは、六年経った今でも、ここにいる誰の記憶にも残っていた。流も言葉を失い、高竹は何も言わず、顔を伏せた。

時田数《かず》だけが、そんな路子をじっと見据えている。数はこの喫茶店のウエイトレスで、過去に戻るためのコーヒーを淹《い》れる役目を担っている。色白で切れ長の目をした端整な顔立ちではあるが、これといった特徴がない。一言でいえば影が薄い。路子も数と視線が合うまでは、その存在にも気づいていなかったほどである。

「お願いします！　私をあの日に、父にひどいことを言って追い返してしまったあの日に戻してください！」

路子は改めて数に、そう言って深々と頭を下げた。

（父を助けたい）

その気持ちは流にも、高竹にも痛いほどわかる。だが、わかるがゆえに、二人は路子にかける言葉を見つけられずにいた。

なぜなら、路子が過去に戻るための重大なルールを知らずにいたからだ。

「あのですね、よく聞いてくださいね」

そう言って、路子の前に立ったのは数だった。

「はい」

「戻れます、戻れるんですが……」

「……が？」

「過去に戻ってどんな努力をしても、あなたのお父さんを助けることはできませんよ」

「え？」

「たとえ、お父さんを東京に引き止めることができたとしても、あなたのお父さんが亡くなるという事実を変えることはできないんです」

「ど、どうしてですか？」

「どうしてと聞かれても、そういうルールなので……」

淡々と話す数の口調が路子を苛立たせた。

（もし仮に、本当に父を助けることができないのだとしても、こんな突き放したような言い方はないいんじゃないの？　過去に戻れると聞いて私がどんな思いでここに来たかも知らないくせに！　目の前にいる赤の他人であるマスターたちでさえ、父を亡くした私に同情して申し訳なさそうにしてくれているのに！）

「嘘でしょ？」

なにより悔しいのは、疑いの余地を与えないその冷静な瞳だった。

「それじゃ、過去に戻れたって意味ないじゃないですか！」

言っても仕方がない。こんなの八つ当たりだ。それでも言わずにはいられなかった。

「そうですね」

数は一瞬だけ悲しそうに目を伏せたが、ただそれだけだった。

「……そんなぁ」

数は、路子が椅子に崩れ落ちるように腰掛けるのを見届けると、くるりと背を向けてキッチンへと去っていった。

完全に生気を失った路子に、流と高竹が、

「残念だけど」

「気持ちはわかるんだけどね……」

と声をかけたが、もはや路子の耳には届いていなかった。

穴の空いた風船のように心がしぼむ。万全の準備でフルマラソンを走りだしたのに、ゴール寸前で「このレースは中止になりました。ゴールなんて最初からなかったんです」と宣言されたように、あまりに一方的で、無慈悲な結末だった。

路子には婚約者がいた。

名を森祐介《もりゆうすけ》といい、同じ会社の同期で、知り合ってから三年になる。

この喫茶店で過去に戻れることを路子に教えたのは祐介だった。

路子も最初から信じていたわけではない。むしろ、「過去に戻れる」などというバカ話を持ちかけてくる祐介に怒りさえ覚えた。路子はその時、冗談はやめてと一蹴した。

だが、祐介はゆずらなかった。

祐介は、実際に過去に戻ったことのある、清川二美子《きよかわふみこ》という女性から話を聞いたのだという。清川二美子は、祐介が担当する取引先のシステムエンジニアだった。まだ二十代でありながら大きなプロジェクトを任されるその手腕は、同業者である路子の耳にも届いている。

「僕には清川さんが嘘をついているようには思えない。もちろん、路ちゃんのことは話してないし、清川さんが僕にそんなでたらめな話をするメリットもない。なんだか、めんどくさいルールがあるとかなんとか言ってたけど、本当に過去に戻れるっていうんなら、戻ってみたら？」

「でも」

「過去に戻って、やり直せばいいじゃないか。今度は追い返さずに、お父さんを東京に足止めすればいい。そうすれば……」

（やり直せる？　もう一度、あの日を？）

その一言が路子の心を動かした。

路子は、父を追い返してしまった後悔から、思い出すたびに動悸《どうき》が激しくなるほどのトラウマを抱えて生きてきた。この喫茶店に入るのにも、どれほどの勇気をふりしぼったことか。

それなのに……。

「そんなに落ち込まないでよ。仕方ないでしょ？　ルールなんだから」

高竹が路子の向かいに座って声をかけても、路子は突っ伏したまま、ピクリとも動かない。

「だめだこりゃ」

高竹は肩をすくめて、流に首を振ってみせた。

カランコロン

「いらっしゃいませ」

入ってきたのはカジュアルスーツに身を包む青年だった。

「お一人様ですか？」

流が声をかけると、青年は軽い会釈ののち、テーブルに突っ伏す路子のもとに歩みよる。

「路ちゃん」

青年が路子に声をかけると、路子は「あ！」と声を漏らし、顔をあげた。

「祐介君……」

この青年が路子に過去に戻ってみるようにすすめた森祐介である。

「外でずいぶん待ってたんだけど、戻ってこないから……」

「ご、ごめんなさい」

「いいよ」

祐介が路子の知り合いだとわかって、流は高竹に向かって（迎えに来てくれる人がいてよかった）と胸を撫《な》でおろすそぶりをしてみせた。高竹は（まだまだ安心はできない）と顎をしゃくってみせて、二人のやり取りを見守るように促した。

「それで、どうだった？　お父さんとは会えたの？」

祐介がそう尋ねた瞬間、路子は勢いよく席を立った。

流も高竹も、そして祐介さえも、路子が急に立ち上がったので驚いたように目を丸くする。

「ごめん」

「え？」

「やっぱり、私、結婚できない」

路子はそう言い捨てるとショルダーバッグから財布を取り出し、千円札を雑にテーブルに置いて、駆け足で店を出て行ってしまった。

「路ちゃん！」

カランコロン

路子を追いかけようとする祐介の前に、

「ちょっと、キミ」

と、高竹が声をかけた。

「え？」

祐介は、突然、見知らぬ女に声をかけられて困惑した表情を見せる。

「あ、え？」

「高竹さん？」

面食らったのは祐介だけではない。流が眉を顰《ひそ》める。

「す、すいません」

流は大きな体を縮めて祐介に頭を下げた。

しかし、祐介も追いかけようと思えば高竹を無視して追いかけることはできたに違いない。だが、それをしなかった。できなかった。

「彼女、過去には戻らなかったのよ」

「え？」

「戻っても、その、お父さんを助けることはできないから……」

高竹に路子の状況を説明されて、祐介は小さなため息をついて、

「そうでしたか……」

と、つぶやいた。

「彼女がお父さんを助けられないことと、あなたたちが結婚できないことに何か関係でもあるの？」

高竹は、静かな落ち着いた声で尋ねた。

祐介の目が、テーブルの上に残された路子のハンカチをとらえる。

「彼女は、自分だけ幸せになるわけにはいかない、と……」

ハンカチを手に取った祐介が、消え入りそうな声でそう言った。

「どういうこと？」

祐介は深呼吸をして、ぽつりぽつりと語りだした。

「この六年間、彼女はここでお父さんを追い返してしまったことを、ずっと後悔して生きてきました。聞いた話だと、閖上に津波が押し寄せてきたのは最初の揺れから一時間も経った後だったそうです。だから、彼女のお父さんは、一時は漁港の方々と一緒に避難していたらしいのですが、突然、預金通帳を取りに戻ると言いだしたらしく……」

「預金通帳？」

「漁港の方たちも、そんなの後でいいだろと言って止めたそうなのですが『あれは、娘が嫁に行く時のために貯《た》めたものだから』と言って……」

それ以上は言葉にならなかった。

あの日、テレビ中継で目撃した悲惨な光景がフラッシュバックする。

高竹も流も、思わず目を伏せ、

「どうすることもできないわよね？」

「そうですね。これぱっかりは……」

と、つぶやいた。

心の問題は、当事者でなければ解決できないこともある。

祐介が路子のあとを追えなかったのは、路子の心の問題に自分の立ち入るすきがないことをよく知っていたからだ。

祐介はそれ以上何も語らず、静かに頭を下げて店を後にした。

その日の夜。

閉店時間を過ぎても、一人の男性が二人掛けのテーブル席に座したまま帰るそぶりも見せず、パンフレットを眺めていた。ほうっておけばいつまでも帰らないかもしれない。それでも時田数は黙ってカウンターの中を片付けている。聞こえるのは柱時計の時を刻む音だけ。

カランコロン

カウベルが鳴ったのに、数は「いらっしゃいませ」とは言わない。まるで誰が入ってくるのかを知っていたかのように、ただ視線を入口に向けただけだった。

「数ちゃん、電話、ありがと」

入ってきたのは看護服姿の高竹である。はぁはぁと肩で息をする高竹に、数が水の入ったグラスを差し出した。

「ありがと」

高竹は水を一気に飲みほす。

「あ、そうだ」

グラスを返すと、高竹は喫茶店の玄関にとって返した。玄関口で声が響く。

「入んないの?」

「え、でも」

「いいから、いいから」

そう言って高竹に背中を押されて入ってきたのは、昼間、父を助けたいとこの喫茶店を訪れていた路子だった。

路子は申し訳なさそうにうつむいている。

「階段の途中にいたから……」

連れてきた、と高竹は数に目で訴えた。数は路子を見据えて、いらっしゃいませではな

く、

「こんばんは」

と、声をかけた。営業時間は終わっている。

「こ、こんばんは」

路子が答える。

その間に高竹は路子の脇をすり抜け、パンフレットを眺める男の横に立った。

高竹は男に向かって、そう声をかけた。

「房木《ふさぎ》さん」

房木と呼ばれた男は一瞬、高竹の顔を見たが、何も言わず再びパンフレットに目を落とした。

「房木さん、今日は座れましたか?」

高竹の質問に、房木と呼ばれた男は初めて顔をあげて、一番奥の席に座る白いワンピースを着た女を見つめながら、

「ダメでした」

と、答えた。

「そうですか」

「はい」

「ここ、今日はもう閉店時間を過ぎているようなので帰りませんか？」

「あ……」

房木は、ハッとして店内の大きな柱時計に視線を走らせた。時計の針は午後八時三十分を示している。

「すみません」

あわててパンフレットを片付け、数の待機するレジに向かう房木。高竹はその姿をじっと優しい目で見つめている。

「いくらですか？」

「三八〇円です」

「じゃ、これで」

「ちょうど、いただきます」

「ごちそうさまでした」

房木は急ぎ足で店を出て行った。

カランコロン

高竹は数に小さく会釈すると、

「連絡ありがと」

と、笑顔を残し、房木のあとを追って店を後にした。

カランコロン

静かな店内に数と路子、そして、白いワンピースの女だけが残った。

路子は、どこから何を説明すればいいのかわからず、途方にくれたように立ち尽くしている。

不意に数が、

「本当にいいんですね？」

と、路子に尋ねた。

何も言わなくても、路子がここに来た理由を察している。

だから数は、

〝過去に戻っても、あなたのお父さんを助けることはできません。それでもいいんですね？〟

こう、言っている。

路子は息を呑んだ。

自分でも、どうしてここに戻ってきたのかよくわからなかったからだ。過去に戻っても父を助けられないことはわかっている。いや、もしかしたら、助けられるのではないかという淡い期待のようなものがあったのかもしれない。

（もしかしたら……）

それだけだった。

もしここで、

「なぜ、過去に戻ろうと思ったんですか？」

と質問されていたら、はっきりとした理由のない路子は過去に戻ることを断念していたかもしれない。

だが、念を押されている。

「本当にいいんですね？」

と。

路子はうつむいたまま、

「母が亡くなった後……」

と、独り言のように語りだした。

「父は男手一つで私を育ててくれました。東京の大学に行きたいという私のために昼も夜も働いて学費を出してくれたというのに、私はそんな苦労も知らず、大学ではろくに勉強もせず、だらだらと遊びまわっていただけ……。ただ、地元を離れて自由になりたかったんです。父の存在を疎ましくさえ思っていました。だから、あの日、父が会いに来てくれるまで父からの連絡を無視しつづけ、実家に帰ったこともありませんでした」

数は何も言わず、相槌《あいづち》も打たず、ただ、静かに路子の言葉に耳を傾けている。

「私は、そんな父に、ひどいことを言って追い返してしまったんです。まさか、あんなことが起きるなんて思わなかったから……。せめて、謝りたい。父に一言謝りたいんです」

言葉に出してみて、路子は自分でも驚くほどはっきりと理解した。自分がここに戻ってきた理由を……。

「お願いします、私をあの日に、父を追い返してしまったあの日に戻してください」

路子は数に向かって深く、深く頭を下げた。

パタン

不意に、部屋のすみから小さな音がした。音につられて路子が視線を走らせると、それは白いワンピースの女が、読んでいた本を閉じる音だった。

路子はこの時初めて女の顔を見た。肌が白く、うつろな瞳はどこを見ているのかまったたくわからない。その眼差《まなざ》しはどことなく目の前にいるウエイトレスと似ているような気もする。なにより不思議だったのは、いくら室内とはいえ、外に出ればコートが必要な季節であるのに、女は半袖であることだった。

女は路子の視線など気にする様子もなく、ゆっくり立ち上がると、スーッと足音も立てずにトイレへと消えた。

トイレに消えた女に気を取られている路子の背後で、

「わかりました」

という数の声がした。

あの日に戻してください、という路子の言葉に対する返事である。

それから数はさっきまで白いワンピースの女が座っていた席に路子を座らせ、過去に戻るためのいくつかのルールを説明しはじめた。

昼間聞いた、

「過去に戻ってどんな努力をしても現実を変えることはできない」

というルールの他にも、

［この喫茶店を訪れたことのない者には会うことはできない］
［過去に戻れる席が決まっている］
［席を立って移動することはできない］
［制限時間がある］
というルールがある。
（ルール、多くない？）
路子の戸惑いをよそに、キッチンから銀のケトルと白いカップをトレイに載せて戻ってきた数が、淡々と話を進める。
「今から私があなたにコーヒーを淹れます」
そう言って数は、路子の前にカップを置いた。
「コーヒー？」
路子が首を傾《かし》げる。過去に戻ることとコーヒーの関連性がわからない。
「過去に戻れるのは、私がカップにコーヒーを注いでから、そのコーヒーが冷めきるまでの間だけ」

「え？　そんなに短いんですか？　それってさっき説明してくれた制限時間ってこと？」

「その通りです」

このルールについては大いに不満があった。あまりに曖昧で、あまりに短い。でも、きっと、何を言ってもどうすることもできないルールに違いない。昼間、父を助けることはできないと言った数の毅然《きぜん》とした態度が思い出された。

「わかりました。他には？」

数が説明を続ける。

「亡くなった方に会いに行く人は、ついつい情に流されて制限時間があることを知りながら別れを切り出すことができなくなります。だから、これ……」

数は、トレイからマドラーのようなものをつまみ上げ、路子の目の前に差し出してみせた。

「なんですか、これ？」

「こうやって入れておけば、コーヒーが冷めきる前にアラームが鳴りますので、鳴ったら速やかにコーヒーを飲みほしてください」

数はマドラーのようなものをカップに差し入れ、銀のケトルに手をかけた。

「鳴ったら飲めばいいってことですね？」

「はい」

路子は小さく深呼吸をした。

（亡くなった父に会いに行く）

そう考えるだけで胸が締めつけられ、息が荒くなる。果たして冷静でいられるのだろうか？　何をしても現実は変えられないというが、もし取り乱して、震災のこと、父が亡くなってしまうことを口走ってしまったら？　そうすると、父は亡くなるまでの数日間、どんな思いで過ごすことになるのだろうか？　まとまらない思いが巡る。

「いいですか？」

そんな路子の迷いを断ち切るように数が声をかける。

（そうだ。さっき「本当にいいんですね？」と聞かれたばかりだ。その時、私は父に一言謝ろうと決めたんだ）

路子は目を閉じて大きな深呼吸をして、

「……お願いします」

と、答えた。覚悟を決めるしかない。

強い決意を込めた瞳でカップを見つめる路子とは裏腹に、数は涼しい顔でケトルを持ち上げた。

（過去へ行く。本当に）

店内の空気がピンと張り詰めるのが路子にもわかった。

「コーヒーが冷めないうちに」

シンと静まりかえった店内で数は透き通った声でそう言うと、ケトルを傾け、コーヒーを注ぎはじめた。コーヒーが満たされたカップから一筋の湯気が立つ。

ぐらりと天井がゆがむ。

（めまい？）

路子は湯気の軌道を目で追っていた。だが、実際には自分の体が湯気のようにフワリと宙に浮き、目に見える景色が上から下へぐんぐん、ぐんぐん流れている。

（何が……、起こって……いるの？）

動転する頭のまま、路子の意識は遠くなる。

お父さん……。


東北地方太平洋沖地震は、二〇一一年三月十一日の金曜日、十四時四十六分に三陸沖（牡鹿《おしか》半島の東南東百三十キロメートル、深さ二十四キロメートル）を震源として発生した日本の観測史上最大規模の地震である。地震の規模はモーメントマグニチュード九・〇で、この地震による被害は「東日本大震災」と呼ばれることになった。

名取市では関連死を含めて九六〇名以上の市民が犠牲となり、最大で一万千名を超える方々が避難を余儀なくされた。この震災の特徴は、揺れによる被害がその地震規模の割に比較的小さかったのに対して、津波による被害が甚大であったことだ。

名取市閖上に津波が到達したのは、地震発生から約一時間が過ぎた十五時五十二分だった。この時間のズレが、賢吾のように、地震発生直後、一時は避難したにもかかわらず自宅に戻ってしまい、津波の犠牲になってしまうというケースを生んだ。

賢吾と路子が住んでいたのは、名取市消防署閖上出張所近くの住宅街で、路子の好きな「閖上のたこ焼き」を売る店は、自宅近くの湊《みなと》神社の向かいにあった。ここで売られていたたこ焼きは他で売られているものとは違い、中身がぎっしりと詰まったたこ焼きを竹串に刺し、甘辛いソースだれをかけて食べる。見た目は大きめの串団子のようなもので、普通のたこ焼きに比べると歯応えがある。幼少の頃から、この閖上のたこ焼きを好んで食べていた路子は、上京して友人からおいしいとすすめられて食べた関西風のたこ焼きを「たこ焼き」として認めることができなかった。

閖上のたこ焼き。それは、父、賢吾の干渉が嫌で地元を捨てたはずの路子が、唯一故郷を懐かしく思い出す食べ物だった。


ゴリゴリと豆を挽《ひ》く音で目が覚めた。

豆を挽いているのは、涼しげな目をした少女だった。高校生？　中学生か？　色白で、物憂げな表情に見覚えがある。トイレに姿を消した白いワンピースの女……、いや、さっきコーヒーを淹れてくれたウエイトレスに似ている。似ているというか、本人に違いない。後ろで束ねていたロングの髪がショートになっていたから、すぐにはわからなかった。

（本当に、六年前に戻ってきたのかもしれない）

路子はキョロキョロと店内を見まわし、過去に戻ってきた証拠となりそうなものを探してみた。だが、カウンター内で豆を挽く少女以外、これとわかる違いを見つけることができなかった。まるで、この喫茶店だけ時間が止まっているかのように……。

カランコロン

「いらっしゃいませ」

見た目の幼さとは裏腹な、落ち着いた数の声が響く。

ゴツゴツと重い足音を立てながら路子の父、賢吾が店内に入ってきた。

路子の心臓が跳ねあがる。六年間、この日の賢吾の姿を忘れたことはなかった。賢吾は路子の姿を見つけると、頭をかきながらテーブル前まで歩みより、

「悪かったな」

と言って、小さく頭を下げた。

「何が?」

「待っただろ?」

「あ、全然」

「そうか?」

「うん」

路子の記憶がよみがえる。

あの日、路子は「呼び出しといて遅れるとか信じられないんだけど?」とすごんで見せた。その時の賢吾の表情もはっきり覚えている。申し訳なさそうに顔をゆがめて「すまん」とつぶやいた。

(なんであんなひどい言い方しかできなかったんだろう?)

「ここ、いいか？」

賢吾が路子の向かいの席に手をかける。

「もちろん」

席に腰を下ろすと、賢吾が目を丸くして路子の顔を覗き込んだ。

「なに？」

「少し見ない間に、ずいぶん大人になったなと思って……」

賢吾が照れくさそうにはにかむ。

六年という時間の隔たり。賢吾は今、二十五歳の路子を見ているのだから驚くのも無理はない。

「そ、そうかな？」

答えながら、賢吾の顔に深く刻まれたしわ、頭髪にかすかに交じる白髪が目に留まった。

いつの間にこんなに年を取ってしまっていたのか？

当時の自分が父の顔をまともに見ていなかったことに愕然《がくぜん》とする。でも賢吾はそんな路子の戸惑いなど知る由もない。

「いらっしゃいませ」

幼顔《おさながお》の数が、お冷やを出す。

「コーヒー」

「かしこまりました」

賢吾の注文を受けると数はキッチンに消えた。

沈黙。

言葉が見つからない。何を話せばいいのか？　賢吾の目を見ると熱いものがこみあげてくる。思いとは裏腹に目をそらしてしまい、それがまた気まずい空気を作りだす。無視していると思われたくはない。

（ごめんなさい）

何度も呑み込んだはずのこの言葉が口から出そうになった。その時だった。

「悪かったな」

先に切り出したのは賢吾だった。

「何が？」

路子には賢吾がなぜ謝っているのか見当もつかなかった。謝りたいのは自分である。

「大学にまで連絡して」

激高した自分の姿を思い出す。そんなことを気にする父だとは思わなかった。

「あ、ううん、私のほうこそ、全然連絡してなかったし……」

こわばっていた賢吾の表情が少しだけ緩んだように見える。母親が亡くなってから、路子は何かにつけて賢吾に反抗し、喧嘩《けんか》になることが多かった。賢吾にしてみれば、また喧嘩になると覚悟していたのかもしれない。

「あ、これ……」

思い出したように、賢吾は手に持っていた紙袋をテーブルの上に置き、

「お前が好きだったから」

と言って、中から小さな包みを取り出した。

「もう、冷めちまったけど……」

包みの中身はわかっている。路子の好きなたこ焼きだ。子供の頃、母親がよく買ってきてくれた、地元閖上のたこ焼き。歯応えのある串団子のようなたこ焼き。路子はこれさえ

あればいつでも笑顔になった。

父を追い返してしまったあの日。床に叩《たた》きつけて散乱したお土産の中にこのたこ焼きを見つけて、たとえようもなく苛立った。大好きだった母との思い出を利用して機嫌を取ろうとしているように思えた。卑怯《ひきょう》だ。嫌悪すら感じていた。

（でも、違う。そうじゃない。今ならわかる）

父は、私を喜ばせるためにこのたこ焼きをわざわざ買ってきてくれたのだ。

それなのに……。

「ありがと」

声が震える。まともに賢吾の顔を見ることができない。

沈黙をつなぐために、路子はカップを口に運ぶ。

（ぬるい）

このコーヒーが冷めきるまでというが、路子には、あとどれくらいの時間が残っているのかまったく想像できなかった。

（私は一体、何をしに来たんだろう？）

父に一言謝りたい。その気持ちは変わらない。でも、一体何を謝ればいいというのか？

「東京の大学に行きたいなんてわがまま言ってごめんなさい」

「お母さんがいなくなってから文句ばかり言ってごめんなさい」

「いつも私が帰ってくるまで寝ないで待っててくれたのに、冷たい態度ばかりでごめんなさい」

「お父さんがかけてくる電話を、ずっと無視してごめんなさい」

「口答えしてごめんなさい」

「喧嘩ばかりでごめんなさい」

「私なんかが娘でごめんなさい」

考えれば考えるほど、路子は顔をあげることができなくなってしまった。

（どうして、東京の大学に行ってしまったんだろう？）

（どうして、文句ばかり言ってしまったんだろう？）

（どうして、あの日、ひどいことを言って追い返してしまったんだろう？）

後悔の言葉ばかりが頭をよぎる。

そんな自分を、賢吾がじっと見つめているのだけはわかる。せっかく会いに来たのに、相変わらず何も言わない、かわいくない娘だと思われているに違いない。

（もう、帰ろう）

このコーヒーを飲みほしてしまえば終わる。結局、何をしたって父を助けることはできないのだから。

路子はカップを握る手に力を込めた。

その時だった。

「路子」

賢吾が路子の顔を覗き込みながら、語りかけてきた。

「もし、何か、困ってることがあるなら……、言っていいんだぞ？」

賢吾はとぎれとぎれに、言葉を紡ぐ。

「なんでもいいんだ、一人で悩まずに、どんなことでも……、悩んでるなら、相談してほしい」

「え？」

「お母さんみたいに、できないかもしれない……、でも……」

賢吾が顔をあげる。

「それでも、言ってほしい……」

思い出した。

この表情。

母が亡くなる前から、亡くなってからも、ずっとずっと賢吾が路子に向けていた、路子がずっと見てきた表情だった。賢吾は何も変わらなかった。ただ、あの日までの路子の目には、怒っているようにしか見えなかったのだ。

「宿題をやれ」

「早く寝ろ」

「遅くまで遊んでるんじゃない」

「友達は選べ」

「その服はやめろ」

あれはだめだ。これは許さない。どの時も……。同じ表情で、同じ思いで、路子のことを見ていた。高圧的に見えたのは路子の目が曇っていたのだ。父のことを疎ましく感じていた心が曇っていただけだった。

「あ、えっと」

そんなことにも気づけずにいたなんて……。

「実は……」

（祐介のことを話そう。お父さんは戸惑うかもしれない。でも、言うなら、今しかない）

「お父さん、私ね……」

「ん？」

「子供が、できたんだ」

路子は目を伏せたまま、カップの中で揺れるコーヒーだけを見ていた。

賢吾がどんな表情をしているかはわからない。ただ、賢吾の呼吸、息を吸って、吐く音だけがやたらと大きく聞こえる。

（怒られるかもしれない）

そんな思いが頭をよぎる。父の立場に立ってみれば当然かもしれない。今の路子は二十五歳。だが、賢吾にしてみれば田舎から東京へ送り出して、わずか一年弱。二十歳前の娘からの告白である。

「結婚しようって言われてて……」

それでも、ちゃんと伝えておこう。今の私を。

もう二度と会えないのだから……。

路子が顔をあげると、賢吾はなんとも寂しそうな目をしていた。

親元を離れ、巣立つ娘。

もしかしたら、路子を東京に送り出した時から、賢吾はそんな日が遠くないことを予感していたのかもしれない。

「そっか」

苦みのある、弱々しい返事だった。

笑おうとしているのに、眉間のしわがさらに険しくなり、怒っているようにも見える。

だが、路子が聞いてほしかったのはそのことではなかった。

「でも、怖いの」

手の震えが止まらない。

「私なんかが幸せになっていいのかな？　私、お父さんにひどいことばっかり言ってきたし、言っちゃったし……。お父さんが私のこと、ずっとずっと心配してくれてたのに、全然気づかなくて、無視して勝手なことばかり言って……」

（お父さんを追い返してしまった）

私があの時、お父さんを追い返したりしなかったら、お父さんは死なずにすんだかもしれないのに。自分のことしか考えていなかった。

「それなのに」

「いいんだよ」

賢吾が路子の言葉を遮る。

「親だからな、悪態つかれたってなんだって、子供が元気ならそれでいい。それだけでいいんだ」

「お父さん」

路子の目から大粒の涙がこぼれた。

賢吾はそんな路子を見て、あからさまな苦笑いを見せる。

娘の涙にどう対処すればいいのかわからないのだ。

不意に、

「あ、これ……」

と、路子の視線から逃げるようにウエストポーチに手をかけると、中から何かを取り出して路子の前に差し出した。

「お前が結婚する時になったら渡そうと思って、貯めてたんだ」

それは、預金通帳と印鑑だった。

「ちょうど、よかった」

賢吾はそう言って、ニッコリほほえんだ。

「お父さん……」


ピピピピ、ピピピピ……

アラームが鳴った。

「あ……」

路子が思わず声を上げると、幼顔の数と目があった。

数は何も言わない。

でも、

（時間です）

と、ゆっくりと頷《うなず》いてみせた。

「お父さん、私……」

「いいんだよ、幸せになって。父さんの楽しみなんて、それくらいしかないんだから……」

優しい顔だった。

きっと父は、私が生まれた時もこんな顔をしていたに違いない。

ピピピピ、ピピピピ……

「ちょっと、トイレ……」

アラームが鳴ったのをいいことに、賢吾は席を立った。

照れくさそうに顔をくしゃくしゃにしている。

「お父さん！」

トイレに向かう賢吾を路子は思わず呼び止めた。これが最後の別れになるかもしれない。

まだまだ、言いたいことはたくさんあるのに。

「……ん？」

振り向く賢吾。

「私」

路子は溢《あふ》れる涙を拭い、

「お父さんの娘でよかった」

と、必死に笑顔を作ってみせた。もしかしたら引きつっているかもしれないし、うまく
笑えなかったかもしれない。それでも、父を笑顔で見送りたかった。父がわざわざ私の大

好きなたこ焼きを持ってきたのも、きっと、私を喜ばせようと、笑顔を見たいと思ったからだ。

だから……。

(最後にお父さんが見た私の姿が笑顔でありますように……)

そう心から願った。

「ありがと」

突然何を言い出すのかと、呆然《ぼうぜん》と路子の顔を見つめていた賢吾であったが、

「ああ」

と、答えると洟《はな》をすすりあげながらトイレへと消えた。

賢吾の姿が見えなくなると、路子は一気にコーヒーを飲みほした。その瞬間、体がフワリと軽くなる。周りの景色が上から下へと流れ出す。

(戻るんだ。父のいない現実へ)

まぶたの裏に賢吾の嬉《うれ》しそうにほほえむ顔が焼きついている。

父を笑顔にできた。

よかった。

路子はゆっくりと目を閉じた。


気づくと、トイレに行ったはずの白いワンピースの女が路子の目の前に立っていた。カウンターの中からロングの髪を後ろで束ねたウエイトレスがこちらをじっと見つめている。大人の数である。戻ってきた。現実に。

「どいて」

目の前に立つ白いワンピースの女にそう言われて、路子はあわてて席をゆずる。

余韻に浸っている暇もない。

白いワンピースの女が席に着くと、新しいコーヒーをトレイに載せた数がやってきた。

「いかがでしたか?」

数は路子の使ったカップと白いワンピースの女に出すカップを入れ替えながら尋ねる。

「私……」

カランコロン

路子が何かを言いかけた時、カウベルが鳴って祐介が入ってきた。

「路ちゃん」

そう呼びかける祐介の言葉は弱々しい。路子との間にも数メートルの距離が空いている。

路子は昼間、自分が結婚できないと言ったのを思い出した。祐介はその言葉を気にして距離をとっているのだ。

(いいんだよ、幸せになって)

父の言葉が耳に残っている。

路子は不意に祐介のそばに歩みよると、数に向かって、

「私、この人と幸せになりたいと思います」

と、宣言した。

過去に戻って「いかがでしたか?」という数の問いかけへの返事だった。

「え?」

昼間とは態度の違う路子に、祐介は驚きを隠せない。

「そうですか」

数はそう答えると、わずかに笑顔を見せた。

「はい。きっと、父も祝福してくれると思うので……」

路子の手には、賢吾から受け取った預金通帳が握られていた。


プルプルプルプル……、プルプルプルプル……


奥の部屋で電話が鳴り響く。

路子と祐介は、数に小さく頭を下げると、肩を並べて店を後にした。

カランコロン

路子たちが帰った後、奥の部屋からミキを抱いた流が現れた。ミキは少しぐずったのか、瞳がぬれている。

「門倉さんて、覚えてるか？」

流はカウンターの中の数に語りかけた。すでに閉店時間を過ぎている。数は閉店作業に入ろうとしていた。作業といっても、使った食器を洗って、軽く床を拭き、表に出している看板を下げれば、それで終わり。

「うん」

数は答えてキッチンへと消えた。流はミキを抱いたまま、看板を下げるために店から出て行った。

白いワンピースの女を残して誰もいなくなった店内に、柱時計の時を刻む音だけがカチコチ、コチカチと静かに響いた。

やがて、数は洗い物を終え、流は看板を下げて戻ってきた。

「それで？」

「ん？」

「門倉さん」

「あ、ああ」

流は忘れていたわけでもないのに、大げさに頭をかきながら、

「電話で、奥さん、奇跡的に意識を取り戻したって……」

と、数に告げた。

「そう」

「ああ」

「よかった」

「……だな」

直後、ミキがギュッと握りしめた拳を振り上げながら、

「うえええーーーーん」

と、大きな声でぐずりはじめた。

「おっと、ミルクの時間か……」

「あ、じゃ、私が」

「すまん」

数がキッチンに消えると、流はミキをあやしながら、レジ脇に置いてある写真たてを手に取った。写真には笑顔の時田計《けい》が写っている。計は流の妻で、ミキを産んですぐこの世を去った。

それから、季節は巡った。この喫茶店で過去に戻った者もいる。戻れなかった者やルールを聞いて諦めた者も……。

「早いもんだ。もう一年になる」

流が計の写っている写真を眺めていると、

「はい」

「サンキュ」

流は写真たてをレジ脇に戻し、数の差し出す哺乳瓶を受け取った。

「あっという間に、こいつも大きくなる。大きくなって……」

「うん」

流の腕の中で、ミキが勢いよくミルクを飲みはじめた。そんなミキの様子を、写真の中の計が幸せそうに眺めている。

そんな風に見えると、数は思った。

完

＊この物語はフィクションです。実在する人物、店、団体等とは一切関係ありません。
ただし、第四話の『父を追い返してしまった娘の話』は、宮城県仙台市のラジオ局『Date fm（エフエム仙台）』から依頼をいただき、作者が書下ろしたラジオドラマ『One more cup of coffee ～コーヒーおかわりいかがですか?～』を小説にしたものです。ラジオドラマは、東日本大震災から七年目となる二〇一八年三月十一日に放送されました。

［プロフィール］

川口俊和（かわぐち・としかず）

大阪府茨木市出身。1971年生まれ。小説家・脚本家・演出家。
舞台『コーヒーが冷めないうちに』第10回杉並演劇祭演劇大賞受賞。同作小説は、2017年本屋大賞にノミネートされ、2018年に映画化。
川口プロデュース代表として、舞台、YouTubeで活躍中。47都道府県で舞台『コーヒーが冷めないうちに』を上演するのが目下の夢。趣味は筋トレと旅行、温泉。モットーは「自分らしく生きる」。

Twitter

川口俊和のつぶやき

普通のことを普通につぶやいています。リプには必ず目を通しています。時間のある時はコメントも返します。夢とか目標とか挑戦したいことのつぶやき多め。フォローして応援してもらえると嬉しいです。川口俊和が脚本・演出をする舞台の公演情報もこちらでチェックできます。

Ameblo

「夢はハリウッド@コーヒーが冷めないうちに」

2021年7月現在で世界34カ国語に翻訳されている『コーヒーが冷めないうちに』の情報とともに、ハリウッドで映画化されるまでの軌跡を残しています。あとは140文字でまとめきれない川口の作品や創作に対する思いを綴っています。

YouTube

「コーヒーが冷めないうちに著者の日常 Before the coffee gets cold」

本作の第四話「父を追い返してしまった娘の話」の元となった舞台の映像が視聴できます。舞台版では第一話として2019年11月に収録されました。小説の内容とは登場人物などで多少異なることをご了承ください。

さよならも言えないうちに

2021年9月20日　初版発行
2021年10月5日　第3刷発行

著　　者　川口俊和
発 行 人　植木宣隆
発 行 所　株式会社サンマーク出版
〒169-0075 東京都新宿区高田馬場2-16-11
電話03-5272-3166（代表）
印刷・製本　株式会社暁印刷

ISBN978-4-7631-3937-5　C0093
ホームページ　https://www.sunmark.co.jp

『コーヒーが冷めないうちに』

大好評！　シリーズ130万部突破！

川口俊和［著］

時田数の淹れる「過去に戻れるコーヒー」の噂を聞いて、
さまざまな客がこの店を訪れる……。

コーヒーが冷めないうちに

定価：1,430円（10％税込）　ISBN978-4-7631-3507-0 C0093
2015年12月6日初版発行

「白いワンピースの女」の正体が明かされる！

この嘘がばれないうちに

定価：1,430円（10％税込）　ISBN978-4-7631-3607-7 C0093
2017年3月20日初版発行

舞台を北海道に移し、今度は数の娘・幸《さち》が
「過去に戻れるコーヒー」を淹れる。

思い出が消えないうちに

定価：1,540円（10％税込）　ISBN978-4-7631-3720-3 C0093
2018年9月25日初版発行